귀를 기울이는 집

오늘의
청소년
문학
└──22

귀를 기울이는 집

초판 1쇄 발행 2018년 2월 20일
초판 5쇄 발행 2020년 3월 31일

지은이 김혜진
펴낸이 김한청

편집 서유경
디자인 김규림
마케팅 최원준 최지애 설채린

펴낸곳 도서출판 다른

출판등록 2004년 9월 2일 제2013-000194호
주소 서울시 마포구 동교로27길 3-12 N빌딩 2층
전화 02-3143-6478 팩스 02-3143-6479 이메일 khc15968@hanmail.net
블로그 blog.naver.com/darun_pub 페이스북 /darunpublishers

ISBN 979-11-5633-190-2 44810
ISBN 978-89-92711-57-9 (세트)

귀를
기울이는
집

김혜진
지음

차례

그 집에는 방이 많았다.

스무 개, 서른 개……. 아니, 훨씬 더 많을지도 모른다. 방은 대부분 작았고 비슷비슷한 모양이었다. 일인용 철제 침대에 나무 책장과 작은 옷장, 놋쇠 스탠드가 놓인 책상이 있고, 창문에는 평범한 무늬의 커튼이 걸려 있었다. 창문이 없는 방에는 눈 덮인 산이나 호수 사진을 끼운 커다란 액자가 창을 대신했다.

방은 평범했다. 평범하지 않은 것은 방이 배치된 모양이었다.

방은 서로 높낮이도 달랐고 어떤 방은 다른 방을 통해야만 들어갈 수 있었다. 좁은 복도를 사이에 두고 문이 죽 늘어서 있는 광경은, 이 문 뒤에 있는 것이 침대나 책장이 아니라 더 어둡고 깊고 알수 없는 무엇일지도 모른다는 상상을 하게 했다.

"이 집은 꼭 미로 같아. 혹시 알아? 어딘가 보물이 있을지. 아님 괴물이 살고 있을지도 모르지!"

예전에 이 집에 살았던 사람들은 재미 삼아 집의 평면도를 그려보기도 했지만, 제대로 그려 낸 이는 없었다.

아, 사람들이 머물던 시절이라니. 대화와 웃음과 서로의 이름을 부르는 소리가 복도를 울리고 방들이 온기를 간직하던 시절이라니. 5년, 10년, 15년이 지나는 동안 그 온기는 차갑게 식었고 소리의 기억마저 먼지에 덮여 버렸다.

집주인은 유명한 작가이자 학자인 한 노인이었다. 노인은 그다지 상냥한 사람도 아니었고 상냥해지는 법을 배우기에는 너무 완고했다. 하는 일마다 모조리 성공을 거두었으니 그럴 만도 했다. 하지만 이제는 자기가 이룬 성공을 일일이 기억하기도 힘든 나이가 되었다.

노인은 예전처럼 책을 쓰지도, 강의를 하지도, 신문에 글을 기고하지도 않았지만 사람들은 여전히 노인이 쓰고 말한 것을 읽고 들었으며, 노인을 찾아왔다. 손님들은 몇 분 앉아 있다가 줄행랑을 치기 일쑤였다. 뼛속까지 들여다보는 듯한 비아냥거림, 듣는 이로 하여금 자신이 얼마나 아는 게 없고 어리석은가를 깨닫게 하는 날선 말들 때문이었다. 어쩌면 노인은 그렇게 쫓아내려고 손님들을 만나는지도 몰랐다.

"멍청하기는! 뭐라도 아는 양 지껄여 대더군!"

노인은 심술궂게 코웃음을 쳤다. 텅 빈 방들만이 노인을 둘러싸고 있었다. 노인이 얼마나 외로운지는 아무도 몰랐다. 어쩌면 그 자신마저도 몰랐을 것이다.

노인이 그렇게 손님을 쫓아내고 나면, 겁에 질린 비서가 슬금슬금 방으로 걸어 들어왔다.

"정 교수님, 저, 글을 쓰시겠습니까?"

비서는 '지금 나한테 감히 뭐라고 하는 거야?'라고 말하는 듯한 노인의 눈빛을 잠시 견뎌야 했고, 노인의 기분이 나쁘지 않다면 문밖으로 쫓겨나는 대신 책상 맞은편에 앉아 노인의 말을 받아 적을 수 있었다. 노인에게는 더 이상 펜을 쥘 힘이 없었기 때문이었다.

이 받아쓰기 작업에는 특이한 규칙이 있었다.

비서는 노인이 까다롭게 정해 준 종이에다 글을 받아 적었고, 노인의 말이 끝나면 그 종이를 거실 게시판에 붙였다. 그 게시판은 나무로 짠 유리장 안에 들어 있었다. 문은 자물쇠로 단단히 잠겨 있었으며, 유리는 늘 깨끗하고 투명하게 관리되었다.

이 일은 노인을 아는 모든 사람의 관심거리였다. 글은 고작 한 줄이거나 채 끝맺지도 않은 몇 개의 단어뿐이기도 했고, 전혀 뜻을 알 수 없는 생뚱맞은 내용일 때도 있었지만 사람들은 거기에 노인이 숨겨 둔 놀라운 통찰이나 비밀이 있지는 않은지 꼼꼼하게 따져 보았다.

사람들은 하루빨리 게시판의 쪽지들을 다 빼내어 일목요연하게 정리하고 싶어 했다. 노인에 대한 논문이나 책, 기사를 준비하는 사람들은 다들 그 쪽지 때문에 미칠 지경이었다. 기다림에 지쳐 말을 함부로 내뱉는 사람까지 있었다.

"빨리 완성을 하든지, 미완성으로 그냥 죽든지!"

쪽지 없이도 노인에 대해 쓸 수 있지 않을까? 그럴 순 없었다. 이 쪽지들에 노인의 모든 작업의 노른자위가 담겨 있다면? 또는 지금까지의 모든 것을 뒤엎는 내용이라면 어쩌란 말인가?

게시판과 상관없이 어서 노인이 집을 떠나기만을 바라는 사람들도 있었다. 이 괴상한 집을 허물고 그 자리에 말끔한 새 집을 짓고 싶었던 것이다.

'아파트도 괜찮겠지. 이 동네가 빨리 재개발이 돼야 할 텐데.'

노인이 죽으면 이 집 소유권을 두고 다투게 될 먼 친척들은 그 집 앞을 지나갈 때마다 생각에 잠겼다.

그러나 가뜩이나 느렸던 노인의 말은 점점 줄어들었다. 비서들은 제풀에 지쳐 떠나거나, 어처구니없는 트집을 잡혀 쫓겨났다.

"드디어 노망이 난 게지."

어떤 사람은 수군거렸고 어떤 사람은 걱정했다. 노인은 소문을 아는지 모르는지 침실이자 서재인 자기 방에 틀어박혀 아무도 읽지 않는 오래된 책처럼 조용히 시간을 보냈다.

담이가 이 집에 온 것은 바로 이런 때였다.

1

◇◇◇◇◇◇◇◇◇◇◇◇◇◇◇◇

뜻밖의 제안

'여름방학에는 그냥 좀 쉬면 안 되나.'

차 뒷좌석에 기대어 앉아 담이는 생각했다. 엄마들끼리 만든 교외 활동 동아리에서 견학을 가는 날이었다. 박물관과 미술관 관람에 봉사 활동까지, 중학교 생활기록부에 채워질 몇 줄과 자기소개서에 쓸 소재를 얻기 위해 만들어진 모임이었다. 오늘 목적지는 어느 유명한 작가의 자택 기념관이었다. 원래는 휴관 중인데, 세아 엄마 아는 사람이 거기에서 일하고 있어서 견학하게 되었다.

"담이도 책 읽는 거 좋아하니? 세아야, 담이랑 말 좀 해."

운전석에서 세아 엄마가 말했다. 담이는 움찔하며 옆자리의 세아를 곁눈질했다. 세아는 엄마 말은 들은 척도 안 하고 휴대전화만 들여다보고 있었다.

'내가 먼저 말을 걸어야 하나?'

아까 차에 탈 때 인사를 주고받은 것 말고는 아직 세아와 한마디도 안 했다. 입안에서는 어젯밤부터 생각해 둔 말들이 맴돌았다.

'진짜 덥지 않니? 방학 때 어디 놀러 가? 어제 티브이에서 그거

봤어……?'

"담이가 엄마 닮아서 말이 없구나?"

아까부터 말하는 사람은 세아 엄마뿐이었다. 담이는 조수석에 앉은 엄마 뒤통수를 쳐다보았다.

엄마는 애초에 이런 모임엔 끼고 싶지 않아 했다. 다른 엄마들 만나는 것도 별로 좋아하지 않으니까. 그렇다고 담이가 하겠다고 한 것도 아니다. 세아 엄마가 몇 번이나 전화해서 같이 하자는 걸 엄마가 거절하지 못한 것뿐이다.

엄마들끼리도 친하고, 아이들끼리도 친한 사이. 겉으로는 그랬다. 엄마는 그 아이들이 담이의 친한 친구인 줄 알 것이다. 그 애들도 그렇게 생각할까 담이는 진심으로 궁금했다.

"담이는 그 작가분 책 읽어 봤니? 너희가 읽을 만한 이야기책도 하나 있더라. 세아야, 책 좀 담이 보여 줘."

세아가 무릎에 올려놓고 있던 책을 담이에게 내밀었다. 담이는 얼결에 책을 받아 들었다. 램프의 왕국. 정인후. 겉표지 글자만 읽었다. 차에서 책을 읽으면 대번에 멀미를 한다. 이런 사정을 설명하고 싶은데, 입안에서 말이 꼬였다.

하지만 세아는 담이가 책을 읽든 말든 별 관심이 없어 보였다.

"담아, 머리 좀 묶어. 덥겠다."

계속 말이 없던 엄마가 한마디 했다. 담이는 못 들은 척했다.

'오늘 종일 이러고 다닐 거야. 엄마가 뭐라고 해도 안 묶어.'

기분이 엉망이었다. 딱히 잘못한 것도 없고 별일이 일어난 것도 아닌데 그랬다. 끽, 차가 멈추고, 따가운 햇볕 아래 골목을 걸어 올라갈 때까지만 해도 담이는 이 견학이 빨리 끝나기를 바랐다. 그러나 구불구불한 골목을 지나 그 집이 보이기 시작했을 때, 담이는 저도 모르게 눈을 가리던 머리카락을 뒤로 넘겼다.

이런 건물을 그냥 '집'이라고 불러도 되는 걸까?

청록색 대문과 하얀 담장 너머, 짙고 뾰족한 초록색 잎을 가시처럼 두른 나무들 뒤로, 족히 5층은 될 만큼 높고 큰 붉은 벽돌집 한 채가 서 있었다. 벽돌마다 불그스름한 빛깔이 조금씩 달라 오묘한 분위기를 자아냈고, 크고 작은 창문은 화려하고 고풍스러웠다. 지붕 아래 둥근 들창엔 색유리가 끼워져 커다란 보석처럼 빛났다.

다른 차를 타고 온 아이들도 흥분해서 떠들어 댔다.

"완전 신기하다!"

"외국 집 같아!"

"진짜 낡았네. 안전하긴 하겠지?"

상우 엄마가 눈살을 찌푸리며 말했다. 건물 외벽에는 붉은 철골이 담쟁이덩굴처럼 덧대어져 집을 지탱하고 있었다. 그러나 철골은 집의 우아함을 조금도 훼손하지 못했다.

세아 엄마가 제일 앞에 서서 초인종을 누르자 또로록 소리를 내며 철문이 열렸다. 어두컴컴한 계단 위로 나무와 풀이 제멋대로 자라나 있는 뜰이 나왔다. 맞은편 벽 뒤는 이 근방에서 유명한 공원일 거라고, 엄마는 그제야 알겠다는 듯 말했다.

"이쪽으로 들어오세요."

통통하고 풍채 좋은 할머니가 현관 앞에 서 있었다. 담이는 두근 거리는 마음으로 신발을 벗고 실내화로 갈아 신었다.

'재밌을 거 같은데!'

집 안은 예상과 달리 깨끗하고 밝았다. 벽이며 바닥은 윤기가 도는 짙은 밤색 나무였고 창마다 얇고 흰 커튼이 드리워져 있었다. 그리고…… 깨끗한 만큼 지루했다. 담이는 설레던 마음이 점차 가라앉는 것을 느끼며 주위를 둘러봤다. 1층 거실에는 이 집 주인인 작가가 썼다는 책이며 친필 원고들이 유리장 안에 전시되어 있었고, 벽에는 그림과 사진이 걸려 있었다. 엄마들은 전시 설명을 꼼꼼하게 읽으라며 잔소리를 했다.

다행스럽게도 뒤쪽 작은 방은 흥미로웠다. 도자기와 나무조각품, 정교한 인형이 장식장 가득 들어 있었는데, 담이는 그 장식품 대부분에 열쇠가 그려져 있거나, 새겨져 있거나, 달려 있다는 걸 알아차렸다.

"와, 이거 진짜 이쁘다. 그치?"

담이는 세아의 말에 돌아봤다가, 세아의 눈이 다른 아이를 향한 것을 보고 재빨리 옆으로 움직였다. 이래서 아이들을 만나기 싫었다. 누가 먼저 말을 걸까 봐 긴장하는 것도, 말을 걸지 않을까 봐 제풀에 실망하는 것도 다 싫었다.

담이는 아이들이 나누는 대화를 애써 무시하며 고개를 돌렸다. 장식장 바로 옆의 문이 눈에 들어왔다. 평범한 나무 문이었지만 한 가지 특이한 점이 있었다. 문에 편지 봉투만 한 문패가 달려 있고,

거기 두 개의 자음이 새겨져 있었다.

'ㄱ ㅈ? 이게 무슨 뜻이지?'

머릿속으로 단어가 스쳐 지나갔다. 가지, 간장……. 하지만 담이의 생각은 계속 이어지지 못했다. 위에서 갑작스레 고함이 터져 나온 것이다.

"난 못 해! 이젠 못 하겠다고!"

쿵쾅거리며 나무계단을 내려온 것은 눈에 핏발이 선 한 남자였다. 한 손에는 채 잠그지 못해 종이가 줄줄 흘러나오는 가방을 들고, 한쪽 팔로는 서류 더미와 방석을 껴안고 있었다. 젊은 여자가 허둥지둥 뒤따라 내려왔지만, 그는 말할 틈도 주지 않았다.

"내가 얼마나 참았는지는 해나래 씨가 더 잘 알잖아. 내가 뭘 더 어떻게 해야 해? 정 교수님은 10년 전 주소록이면 다 된다고 생각해. 맙소사! 그중엔 이미 죽은 사람도 수두룩할걸?"

그 남자는 속사포처럼 자기 할 말만 쏟아붓더니, 우당탕 현관문을 나가 버렸다.

아이들과 엄마들은 모두 어리벙벙해져서 혼자 남은 여자를 쳐다봤다. 세아 엄마가 앞으로 나섰다.

"해나래 씨, 무슨 일이에요? 방금 그 사람 정 교수님 비서 아니에요?"

젊은 여자는 입꼬리를 겨우 올려 웃었다.

"아이, 별일 아니에요. 견학 오신다고 한 게 오늘이었구나. 아침부터 정신없어서 깜박 잊었네요. 아, 간식, 간식 드셨어요? 양 할머니, 여기 어린 친구들 간식 좀 주세요!"

식당에는 스무 명도 넘게 앉을 수 있는 큰 나무 식탁이 있었고, 그 위에 가지런히 크기를 맞춰 자른 수박이 놓여졌다. 식기며 포크는 하나같이 섬세한 세공이 들어간 은제품이었다.

수박을 먹는 동안에는 아무와 대화하지 않아도 괜찮았다. 담이는 방금 일어난 그 짧은 사건을 가지고 자기만의 공상에 빠져 있었다. 그 사람은 뭘 못 하겠다고 한 걸까? 그 해나래라는 언니는 누구일까? 담이는 그 언니를 붙잡고 궁금한 걸 다 물어보는 자신의 모습을 상상했다. 무슨 문제인 거죠? 제가 뭐 도와드릴 일이 없을까요…….

"세아 엄마, 그럼 견학은 이걸로 끝이야? 집이 크던데 더 볼 데 없나?"

소율이 엄마의 목소리가 담이를 현실로 불러들였다. 세아 엄마가 고개를 갸웃거렸다.

"그러게요. 저도 더 볼 수 있을 줄 알았는데. 한번 해나래 씨에게 물어볼게요."

"와, 엄마, 그럼 이제 수영장 가도 돼요?"

소율이가 신나서 물었다. 아이들은 모두 빨리 끝난 걸 기뻐하는 듯했다. 담이는 애가 탔다. 그냥 가기 싫은데, 이 집에 좀 더 머물고 싶은데. 그때, 엉뚱한 말이 들려왔다. 상우 엄마였다.

"참, 담이 엄마, 담이가 미술 치료 받았죠?"

누가 찬물을 확 끼얹었기라도 한 듯 담이의 온몸이 차가워졌다.

"우리 시누이가 물어봐 달래서요. 애가 너무 산만해서 상담이나 치료를 받고 싶다고 하더라고요. 어디 추천해 줄 데 있어요?"

"글쎄요, 워낙 옛날 일이라서……."

엄마 얼굴이 싸늘하게 굳은 것이, 담이 눈에는 보였다.

아이들이 담이를 힐끗힐끗 쳐다봤다. 담이는 머리카락으로 얼굴을 가렸다. 그렇지만 소용없었다.

결국 담이는 화장실에 갔다 오겠다고 중얼거리며 식당을 빠져나왔다.

'싫어, 진짜 싫다고. 왜 저런 걸 대놓고 물어보는 거야!'

담이는 눈에 띄는 아무 문이나 열고 안으로 들어갔다. 어두컴컴한 방 안에 고여 있던 서늘한 공기가 담이를 맞이했다. 담이는 문에 기대어 눈을 감고 심호흡을 했다.

'그냥 잊어버려. 누가 뭐라고 하든 상관없어.'

처음으로 이상하다는 말을 들은 건 여섯 살 때였다. 집에서는 아무렇지 않은데 유치원만 가면 입이 얼어붙어 아무 말도 할 수 없게 되는 것이었다.

선택적 함구증. 이것이 담이에게 주어진 병명이었지만, 담이는 '선택'이라는 말을 이해할 수 없었다. 말을 안 하길 선택했다고? 아니, 절대 그렇지 않았다. 담이는 정말 말을 하고 싶은데 말이 담이를 배신하는 것이다. 연못 속의 붉고 하얀 잉어들처럼, 분명히 거기 있다는 걸 아는데, 해야 할 때가 되면 말은 쏜살같이 사라져 버렸다.

담이는 엄마 손에 이끌려 병원과 상담센터를 이리저리 옮겨 다닌 끝에 그럭저럭 지낼 수 있게 되었다. 말이 없고 소극적인 아이, 그래도 친구도 있고 성적도 나쁘지 않았다.

하지만 엄마가 모르는 일이 있었다. 중학생이 된 올해 봄부터 담이는 다시금 말이 사라져 버리는 일을 겪고 있었다. 문득 말문이 막히고 등에 식은땀이 흐른다. 머릿속 어딘가에서 경고음이 시끄럽게 울리면 정신이 더 없어져 말을 찾아낼 수 없었다. 아예 못 들은 척하는 게 담이가 할 수 있는 유일한 일이었다. 왜 무시하냐며 상대방이 화를 낼 때까지.

엄마가 알게 되면 다시 상담과 치료의 날들이 계속될 것이다. 그것만은 절대 싫었다.

왜 자꾸 단단하고 높은 벽에 가로막힌 기분이 들까. 다른 사람은 안 그런데, 왜 담이는 애써서 그 벽을 부수고 넘어야만 할까.

담이는 팔에 오스스 소름이 돋는 것 같아 눈을 떴다. 어둠에 익숙해진 눈에 들어온 것은 양쪽으로 문이 있는 긴 복도였다. 어딘가에서 들어오는 희끄무레한 빛에 금속 손잡이들이 반짝였다. 그 순간 담이는 머릿속을 어지럽히던 불쾌한 기억을 잊었다.

'뭐야……'

담이는 뭔가에 이끌리듯 앞으로 걸어 나갔다. 문마다 자음이 두 개씩 적힌 나무 팻말이 붙어 있었다.

'ㅌ ㄷ, ㅈ ㅅ, ㅁ ㅎ……. 이게 뭐지? 단어를 맞추라는 건가?'

문패를 확인하며 걷다 보니 어느새 복도 끝이었다. 호기심이 두려움을 이겼다. 담이는 문손잡이를 돌려 보았다. 특이한 방이었다. 아무도 쓰지 않는 듯 먼지 쌓인 가구들은 그렇다 쳐도, 맞은편 벽에 똑같은 문 두 개가 나란히 있었던 것이다.

담이는 그중 한 문을 열어 보았다. 두세 단 되는 낮은 계단 밑으로 비슷한 방이 나왔다. 그 방에는 다시 두 개의 문이 있었다.

'설마, 또 방일까?'

아니, 이번엔 복도였다. 담이가 처음 들어온 복도보다 좁고 짧았다. 담이는 망설이다가 문을 골라 열었다. 그렇게 방에서 방으로, 높고 낮은 계단으로 담이는 나아갔다.

"헉!"

문을 연 담이는 시야가 확 트이는 바람에 놀라 숨을 들이켰다. 아래가 내려다보이는 발코니였다. 난간 아래 방에는 책장과 책상들이 있고, 그 사이에 젊은 남자와 여자가 서서 낮은 목소리로 이야기를 나누고 있었다.

"누나, 어쩌죠? 초대장을 보내는 건 어찌하겠는데, 집은 언제 치워요? 사람도 못 쓰게 하실 텐데."

"그래도 십 년 만이야. 대단하지 않아? 여름 모임을 보게 되다니."

담이가 한 발 내딛자 나무 바닥이 삐걱하고 소리를 냈다. 두 사람이 동시에 말을 멈추고 위를 올려다보았다. 담이는 후다닥 문 안으로 숨었다.

'돌아가야겠어. 혼날 거 같아. 근데 여기가 어디지?'

담이는 덜컥 겁이 났다. 문을 열어 봤지만 또 다른 방이 나오거나 잠겨 있어 되돌아가야 할 뿐, 처음의 그 복도는 나오지 않았다. 다시 계단, 복도, 방……. 몇 개의 문을 지난 다음에야, 차라리 그 사람들에게 도움을 청할 걸 그랬다는 생각이 들었다. 너무 당황한 나머지 소리쳐 누군가를 불러야겠다는 생각도 하지 못했다. 담이는 눈물이 나는 것을 겨우 참으며 다음 문을 밀어젖혔다.

그 방은 달랐다. 무척 넓었고, 기역 자로 꺾인 모양이었다. 방 끝에는 넓은 창이 있어 하얀 커튼 틈으로 햇살이 쏟아져 들어오고 있었다.

천장까지 닿을 듯 높은 책장에는 책이 빼곡했고, 바닥에도 발에 채이도록 책이 많았다. 한쪽 구석에는 이부자리가 깔끔하게 정돈된 침대가 있었다.

담이는 천천히 걸어 들어갔다. 바닥에는 카펫이 깔려 있어서 발소리가 나지 않았다.

"누구, 거기 누구냐?"

담이는 펄쩍 뛰도록 놀랐다. 창가 바로 옆 커튼 그늘에, 몸집이 작은 사람이 앉아 있었다.

새하얀 단발머리를 한 작은 할머니였다. 목까지 단추를 채운 옅은 회색 셔츠를 입고, 여름인데도 두툼한 노란색 카디건을 걸친 할머니는 커다란 의자에 몸을 꼿꼿이 세우고 앉아 담이 쪽을 보고 있었다.

담이는 몇 번이나 마른침을 꼴깍 삼키고 입을 열었다.

"저, 죄송해요. 집 구경을 하다가 길을 잃어서……."

"아이로구나."

할머니 목소리가 한결 부드러워졌다.

"가까이 와라."

할머니는 도로 안락의자에 몸을 파묻었다. 담이는 주춤주춤 책상 앞까지 걸어갔다. 책상 위는 온통 책과 종이로 어지러웠다. 만일 담이가 책상을 이렇게 내버려 뒀다면 엄마는 벌점 스티커를 열 개는 붙였을 것이다.

할머니는 손을 뻗어 푸른색 렌즈의 안경을 집어 썼다. 그러자 목소리에 좀 더 힘이 들어갔다.

"어떻게 저쪽에서 들어온 거지? 네 부모가 이 집을 사려고 하니? 그래, 다들 내가 끝났다고 생각하지. 이미 죽어 썩고 있다고 생각하는 건 아닌가 모르겠구나!"

담이는 침만 삼켰다. 오해가 있는 게 분명했다. 담이는 없는 용기를 다 끌어모아 겨우 말을 찾아서 뱉었다. 목소리가 마구 떨리는 게 느껴졌다.

"저는, 견학하러 온 건데요……."

"견학? 이 집에 무슨 볼거리가 있다고?"

그건 담이더러 대답하라고 하는 말은 아닌 것 같았다. 할머니는 숨을 몰아쉬었다. 담이는 할머니가 저러다가 쓰러지기라도 하는 건 아닌지 걱정스러웠다.

할머니가 입을 다물자, 방 안은 아주 조용해졌다. 담이는 오도 가도 못 하고 그 자리에 서 있었다. 창밖에서 바람이 불었다. 커튼이 펄럭 휘날렸고 방 안에 햇살과 그림자가 어지러이 뒤섞였다.

잠든 듯 말이 없던 이상한 할머니가 불쑥 물었다.

"어디 보자……. 글씨는 잘 쓰니?"

담이는 영문을 몰라 눈만 껌벅였다. 할머니의 구겨진 종이 같은 주름진 얼굴이 한 겹 더 구겨졌다. 담이는 그게 웃음이라는 걸 한 박자 늦게 깨달았다.

"어디 정말로 썩고 있는지 아닌지 알려 줘 볼까. 책상 위에 종이 묶음 보이지? 거기 내가 불러 주는 걸 받아 적거라. 그 옆에 만년필로."

공책만 한 크기의 종이 묶음이었다. 종이는 누르스름했고, 종이를 묶은 끈도 버석거렸다. 담이는 머뭇머뭇 책상 앞에 앉아 만년필을 잡았다. 할머니는 천천히 말을 불러 주기 시작했다.

"그는……."

처음 써 본 만년필 펜촉이 자꾸 종이에 걸려서 파란 잉크 자국을 남겼다. 글씨가 삐뚤빼뚤해졌지만 담이는 열심히 받아 적었다.

"그 벽 앞에서 오랫동안 망설이고 있었다. 적합한 열쇠를 찾아낼 수 없었던 것이다. 마침내 그는 가방 깊숙한 곳에서 작은 열쇠 하나를 꺼냈다. 붉고 푸른 유리 열쇠였다. 열쇠를 구멍에 꽂는 순간, 그는 확신할 수 있었다……."

잘 들리지 않는 목소리에 집중하느라, 담이는 누군가 방으로 들어온 것도 눈치채지 못했다.

할머니는 마침내 말을 마치고 곧추세웠던 등을 무너뜨리듯 의자에 기댔다. 그때 담이 뒤에서 목소리가 들렸다.

"지금 뭐 하시는 건가요?"

담이는 화들짝 놀라 뒤를 돌아봤다. 아까 봤던 해나래라는 언니가 놀란 얼굴로 담이와 할머니를 바라보고 있었다. 할머니가 냉랭하게 대꾸했다.

"보면 모르나? 글을 쓰고 있지."

"이야기를 쓰시려면 세준 씨를 다시 부르겠습니다. 아니면 저나 제학이 할 수도 있으니⋯⋯."

"아니. 이 아이로 충분해. 충분하다는 걸 증명해 보이지."

할머니는 힘겹게 몸을 일으켰다. 작은 몸이 쓰러질 듯 앞으로 쏠렸다.

"정 교수님!"

해나래가 달려왔지만 할머니는 한 손을 들어 다가오는 것을 막고 담이에게 말했다.

"종이를 가지고 따라오너라."

할머니는 걸음 보조기를 밀며 천천히 앞서 나갔다. 담이가 들어온 쪽과는 반대쪽에 문이 또 있었다.

"담이야!"

담이가 할머니를 따라 문을 나서자마자 엄마 목소리가 들렸다.

문밖에는 아이들과 엄마들이 있었다. 엄마가 하얗게 질린 얼굴로 담이의 팔을 잡았다. 세아 엄마가 엄한 목소리로 뭐라 말했지만 담이에겐 들리지 않았다. 담이는 할머니만을 바라봤다.

할머니는 꼿꼿하게 걸어가 거실 한쪽 벽을 차지하고 있는 커다란 유리장 앞에 멈춰 섰다. 거실 창으로 들어온 햇빛이 유리에 어른거려 안에 무엇이 들었는지 잘 보이지 않았다.

할머니가 열쇠로 자물쇠를 열고, 유리문을 힘겹게 열어젖혔다. 유리문이 열리자 톡 쏘는 것 같은, 그러나 불쾌하지는 않은 냄새가 풍겨 나왔다.

"와……."

누군가 감탄했다. 유리장 안에는 크고 작은 종이들이 가득 붙어 있었다. 커다란 물고기의 비늘 같기도 했고, 미라가 된 큰 짐승의 털가죽 같기도 했다.

"그 종이를 붙이거라."

할머니가 담이를 돌아봤다. 담이는 팔을 비틀어 엄마 손에서 벗어났다.

유리장 안에 있는 것은 커다란 게시판이었다. 담이는 살짝 차오르는 숨을 참으면서 게시판 가장자리에서 가는 핀을 하나 뽑아 방금 받아 적은 쪽지를 붙였다. 종이들이 하도 많이 꽂혀 있어서 그 간단한 일도 쉽지가 않았다.

담이가 물러서자 할머니는 게시판 문을 닫으려 했지만, 손이 미끄러져 비틀거렸다. 유리문이 파르르 떨렸다.

해나래가 재빨리 할머니를 부축했다.

"빨리 들어가세요, 네? 제학아, 양 할머니를 불러와."

"이게 무슨 일이지요? 우리 애가 왜……."

엄마의 질문은 흥분한 목소리에 묻혔다. 제학이라 불린 젊은 남자가 얼굴이 온통 빨개져서 발을 동동 굴렸다.

"얘가 글을 쓴 거예요? 진짜로요?"

할머니가 입을 열자 그는 입을 벌린 채로 멈추었다.

"이제 다시 시작이다. 이 아이가 내 말을 받아 적을 거야. 내일, 내일 다시 오거라……."

마지막 말은 담이를 향한 것이었다. 할머니는 그 말을 끝으로 온몸이 흔들릴 정도로 기침을 하기 시작했다. 해나래는 할머니를 거의 업다시피 해서 방으로 모시고 들어갔다. 그사이 거실에서는 한바탕 난리가 났다.

세아 엄마는 믿을 수 없다는 듯 담이에게 물었다.

"어떻게 저 방에 들어갔니? 교수님이 왜 담이 너한테 이야기를 들려주신 거야?"

담이는 자기가 방금 해낸 일이 얼마나 대단한 것인지 몰랐다. 그 유명한 학자이자 작가이며 이 집의 주인인 정인후 교수가, 오랫동안 멈췄던 작업을 다시 시작한 것이다.

담이와 사람들이 있는 곳으로 돌아온 해나래는 거의 울 것 같은 얼굴로 정 교수의 말을 설명해 주었다. 담이에게 비서 역할을 맡기려 한다는 것을 모두가 이해하기까지는 조금 시간이 걸렸다. 정 교수가 하는 말을 받아 적고 게시판에 붙이는 일이었다.

"일 자체는 간단합니다. 제 생각엔, 정 교수님이 금세 또 마음을 바꾸실 거예요. 워낙 변덕이 심하고 까다로운 분이시라……. 그때 까지만 해 주시면……."

"잘 모르겠네요. 학원 시간이 안 맞을 텐데……."

엄마는 모호한 태도로 답했다. 옆에서 세아 엄마가 끼어들었다.

"지금 학원이 문제예요? 담이 엄마, 정인후 교수님이 얼마나 대단한 분이신데요! 나중에 자기소개서에도 쓸 수 있어요! 담이가 못 하겠으면 세아더러 하라고 할까요?"

담이는 자기도 모르게 엄마의 옷소매를 잡아당겼다. 엄마가 담이를 내려다보았다. 미간에 새겨진 주름과 지친 눈매가, 굳이 이걸 해야겠냐고 묻는 것 같았다.

"나…… 하고 싶어요."

아주 작은 목소리였지만, 담이는 말했다. 뭔가를 하고 싶다고 말한 게 얼마 만인지 생각도 안 났다. 엄마는 눈을 크게 떴다. 그러곤 짧은 한숨과 함께 고개를 끄덕였다.

담이는 너무 기뻐서 펄쩍 뛰고 싶었다. 아직도 생생했다. 기침이 섞였지만 또렷한 목소리, 어렵지만 궁금해지는 문장들, 소곤거리는 듯한 만년필 펜촉의 사각거림…….

새롭고 대단한 일이 담이를 기다리고 있는 것 같았다. 그게 좋은 일이든 나쁜 일이든, 담이는 앞으로 한 번도 겪어 보지 못한 여름을 겪게 될 참이었다.

2

◇◇◇◇◇◇◇◇◇◇◇◇◇

이야기와
집과 사람들

담이는 서둘러 차에서 내렸다. 엄마의 말이 따라붙었다.

"담아, 진짜 괜찮은 거 맞지?"

"괜찮다니까요."

이 집에 오게 된 지 나흘째, 엄마는 매일 똑같은 질문을 했고 담이도 같은 대답을 했다.

"무슨 일 있으면 해나래 씨한테 얘기하고. 어휴, 잘하는 일인지 모르겠네."

엄마가 한숨을 쉬었다.

처음에는 여러모로 혼선이 있었지만, 담이는 오후 3시에 이 집에 오기로 했다. 영어 학원과 국어 말하기 학원을 마치고, 점심을 먹고 나면 이 시간이었다. 이 일을 하기 위해 담이는 검도를 그만 둬야 했는데 검도를 별로 좋아하지 않았기에 아주 환영할 만한 일이었다.

중학교 영어 선생님인 엄마는 방학인데도 연수를 받고 대학원 특강도 듣느라 바빴다. 지난 사흘간은 엄마가 골목 앞까지 태워다

줬지만, 내일부터는 담이 혼자 버스를 타고 와야 한다. 사실 담이
는 그걸 더 기대하고 있었다.

"끝나면 바로 문자 해. 딴 데 가지 말고!"

엄마 말에 되는 대로 대답을 하고 담이는 골목을 향해 달려갔다.

"아 좀, 제대로 해 봐!"

팡, 하는 경쾌한 소리와 함께 하얀 공이 붕 떠올랐다. 이 더운 날
씨에 앞뜰에서 배드민턴을 치는 두 사람, 해나래와 제학이었다. 이
집에 살면서 정 교수의 일을 돕고, 1층 전시관도 관리하고, 정 교수
와 관련된 논문도 쓴다고 했다. 언니, 오빠라고 부르게 됐지만 두
사람은 사실 담이의 막내 이모뻘은 되었다.

이 뜰은 자로 잰 듯 개성 없이 다듬어 놓은 학교 화단과는 차원
이 달랐다. 온갖 풀과 나무들이, 본디 모양 그대로 자라고 있어서
공이 한번 풀 사이에 떨어지면 줍느라 애를 먹었다. 그조차도 이
집과 잘 어울렸다.

"아, 담이 왔니? 배드민턴 칠래?"

해나래가 경쾌하게 물었다. 질끈 묶은 머리에 보풀이 인 티셔츠
와 편한 반바지를 입은 해나래는 언제나 기운이 넘쳤다. 제학은 정
반대였다. 어찌나 말랐는지 볼이 움푹 패여 며칠 못 잔 사람처럼
퀭해 보였고 덥지도 않은지 남방셔츠 단추를 목 바로 아래까지 단
정하게 채우고 다녔다.

"배드민턴 치다가 손가락이라도 삐면 어쩌려고요. 정 교수님 말

31

을 받아 적어야 하는데."

제학이 들릴락 말락 하게 말했다.

그 말이 담이를 쿡 찔렀다. 분명 비꼬는 농담이었다. 견학 날 이후로, 담이는 아직 정 교수의 이야기를 받아 적지 못했던 것이다. 엄마에게는 절대 말하지 못할 사실이었다.

첫날부터 황당했다. 담이가 문을 조심스레 두드리고 들어가 인사를 드리자마자 정 교수는 안경 너머로 담이를 쏘아보더니 나가렴 하고 한마디 했다. 도로 나온 담이에게, 거실 소파에 앉아 책을 읽던 제학이 37초라고 말했다. 무슨 소리인가 했더니 담이가 방에 들어가서 나오기까지 걸린 시간이었다.

그다음 날도 비슷했다. 정 교수는 담이 쪽은 쳐다보지도 않았다. 귀찮은 모기를 쫓듯이 손을 내저었을 뿐이다. 담이는 조용히 뒤돌아 나왔다. 어제도 마찬가지였다.

"어제는 21초였던가?"

제학이 무표정한 얼굴로 담이를 돌아봤다. 그렇지만 그 눈에 웃음이 스치는 것을, 담이는 봤다.

"오늘은 들려주시겠지. 담아, 힘내라!"

해나래가 배드민턴 라켓을 휘두르며 담이를 응원했다. 라켓은 아슬아슬하게 제학의 머리카락을 스쳤다. 제학은 질렸다는 표정으로 라켓을 내려놓았다.

"우리도 들어가요. 할 일이 산더미라고요. 무엇보다 이 더위에 배드민턴이라니, 단단히 잘못되었어요."

"에이, 땀을 좀 빼야 기분도 상쾌해지는 거지! 종일 집에서 책만 붙들고 있으면 우울해진다고."

두 사람이 아옹다옹하는 모습을 뒤로하고 담이는 방으로 향했다. 제학은 몇 걸음 뒤에서 담이를 따랐다. 오늘도 담이가 몇 초 만에 쫓겨나는지 재어 볼 생각인 듯했다.

사실 담이는 정 교수가 제대로 말을 해 주지 않아도, 매일 이 집에 올 수 있다는 사실만으로 만족했다.

집을 마음껏 탐험할 수 있지 않은가! 멋대로 쌓아 놓은 장난감 블록 같은 방들과 뜻을 알 수 없는 문패의 기호, 그리고 열쇠들. 이 집에 온 첫날 봤던 전시실의 열쇠는 놀랄 거리도 아니었다. 담이의 팔뚝만 한 철로 된 열쇠부터 화려한 보석이 박힌 금 열쇠까지, 온갖 종류의 열쇠가 복도 벽에 걸려 있거나 방 장식장에 진열되어 있었다. 정 교수님이 평생에 걸쳐 모았다는 열쇠는 집에 신비로움을 더해 줬고, 담이는 조심스레 그 신비를 즐겼다. 이 집에서만 누릴 수 있는 경험이었다.

'오늘은 3층에 올라가 봐야지.'

담이는 부푼 마음을 안고 정 교수의 방문 앞에 섰다. 이 방의 기호는 ㅂ ㅁ이었다. 비밀, 변명, 보물……. 담이는 단어들을 떠올리며 문을 똑똑 두드렸다.

그러나 오늘, 정 교수는 쫓아내는 것보다 훨씬 더 별난 말을 했다.

"네가 쓰고 싶은 대로 써 보렴."

담이는 어안이 벙벙해졌다. 쓰고 싶은 대로 쓰라니, 도대체 뭘 쓰란 말인가?

"쓸 말이 없나 보구나. 그럼 거기 아무 책이나 집어서, 아무 데나 펴 읽으려무나. 왜 가만히 있지? 스스로 하는 일이 없군. 거기, 책장 두 번째 칸, 네 번째 책을 꺼내라. 27쪽, 첫 문장. 읽어 봐라."

"……본질은 반복과 변형에 있으며 그것을 유지하는 에너지 자체가 문제시된다……."

담이가 기어 들어가는 소리로 읽자 정 교수는 그걸 그대로 적어 게시판에 붙이라고 말했다. 정말 말도 안 되는 일이었다.

평소처럼 몇 분 만에 쫓겨나는 게 아니라 방에 제법 머물다 나온 담이를, 제학이 조마조마한 얼굴로 맞이했다.

"말씀하셨니? 진짜로?"

담이는 어정쩡하게 게시판을 열고 쪽지를 붙였다. 해나래와 제학은 유리에 바짝 붙어 서서 쪽지에 적힌 글을 읽었다.

"본질은 반복과 변형에…… 벽 얘기가 아니네. 이게 무슨 뜻일까?"

해나래가 더없이 진지하게 말했다. 교수님의 친척이자 집안 살림을 맡고 있는 양 할머니마저 그 글을 보러 왔다.

"정말로 다시 작업을 시작하셨구나! 담이 덕분이야. 특별 간식을 준비해야겠네! 오랜만에 도넛을 튀겨 볼까?"

양 할머니가 기뻐하자, 담이는 솔직하게 털어놓고 싶었다.

'아니에요, 그거 다 엉터리라고요! 정 교수님은 순 엉터리로 쓰

는 거예요!'

다음 날도 마찬가지였다. 아무 책에서나 문장을 베껴 마치 정 교수의 말인 양 붙이고 나자, 담이는 마음이 더욱 무거워졌다. 차라리 아무것도 안 하고 쫓겨날 때가 나았다. 지금은 담이가 집안사람 모두를 속이는 기분이었다.

사실 사람들이 속고 있는 긴 아니었다. 게시판 앞에서 담이를, 정확히는 교수님 말을 기다리던 제학은 쪽지를 보고 알겠다는 듯 고개를 끄덕였다.

"제대로 하실 마음은 없나 본데, 안 그래? 너무 실망하지는 마. 사실 좀 이상했다고. 너 같은…… 어린아이에게 글을 적게 하신다는 것 자체가. 이게 교수님께 얼마나 중요한 일인데. 그땐 기분도 안 좋으시고 해서 변덕을 부리신 게지. 사람들을 당황스럽게 하고 싶어서 말이야. 네 잘못은 아니야. 교수님은 늘 그러시니까."

제학은 비웃거나 놀리는 기색 하나 없이 말하고는 계단을 내려갔다.

담이는 멍하니 게시판을 올려다봤다. 한 층 위 거실 벽을 온통 차지한 게시판은 위압적이었다. 누렇게 바래고 바싹 마른 오래된 쪽지들이 그 안에 고요하게 잠들어 있었다. 담이는 눈에 띄는 쪽지들을 하나씩 읽어 내려갔다.

***

그는 하얀 회벽 앞에서 망연자실했다. 문은 보이지 않았고, 기어오르기엔 발을 디딜 만한 구석 하나 없었다. 벽을 따라 며칠을 꼬박 걸은 끝에 그는 마침내 저 멀리 까만 점을 발견했다. 가까이 다가가 보니 챙 넓은 모자를 쓴 사람이 벽에 기대어 앉아 있었다.

"이 벽을 넘어가려면 어떻게 하면 됩니까?"

그가 묻자 모자 밑에서 지친 목소리가 흘러나왔다.

"방법은 하나뿐이야. 이 벽에, 자네의 일부를 두고 가는 것일세."

"나를 두고 간다고요? 어떻게요?"

"벽이 스스로 자네의 일부를 가져갈 걸세. 벽을 속이려 든다면 자네는 벽 안에 갇히고 말 거야. 자네에게 더 이상 남기고 갈 것이 없다면 벽을 넘지도 못하게 되겠지."

그는 결심하고 말했다.

"제 일부를 드리겠습니다. 벽을 넘게 해 주십시오."

그제야 모자 쓴 사람은 고개를 들어 그를 봤다.

"만일 자네가 목표한 곳에 이르면 돌려받게 될 걸세."

그러곤 어깻짓으로 벽을 가리켰다.

"그럼 들어가게."

그는 크게 숨을 들이켜고 벽을 향해 한 걸음 내디뎠다. 놀랍게도, 벽으로 발이 쑥 들어갔다. 꼭 부드러운 반죽 속에 발을 넣은 기분이었다. 그렇게 그는 벽을 통과했다.

***

36

그건, 벽을 넘는 사람의 이야기였다.

'내가 처음에 쓴 것도 분명 이런 이야기였는데. 근데 왜 지금은……'

제학은 담이 잘못이 아니라고 했지만, 담이는 자기가 부족해서 교수님이 제대로 이야기를 들려주지 않는 것만 같았다.

정 교수의 변덕은 계속됐다. 신문에 실린 광고 하나를 그대로 베껴 쓰라고 했을 땐 담이는 정말이지 왜 그러시느냐고 묻고 싶었다.

"가져다 붙여라!"

축 처진 어깨로 문을 열고 나왔을 때 담이는 깜짝 놀랐다. 연한 하늘색 줄무늬 민소매 원피스를 입은 단발머리 여자아이가 잔뜩 찌푸린 채로 게시판 앞에 서 있었다. 이 집에서 담이 또래 아이를 본 것은 처음이었다.

'하필이면 이런 내용일 때!'

담이는 머리카락을 잡아당겨 화끈거리는 얼굴을 가리고선 게시판을 열어 쪽지를 붙였다. 담이가 물러서자마자 여자아이는 유리에 딱 붙어서 쪽지를 읽었다. 아이가 말했다.

"……말도 안 돼."

바스락, 얼음 알갱이들이 흩어지는 것 같은 목소리였다. 담이는 아이를 흘끔거렸지만, 그 아이의 시선은 담이가 아닌 쪽지에 꽂혀 있었다.

"아, 유주 왔구나."

해나래가 계단을 올라오며 인사했다. 그 아이는 까딱 고개만 끄덕이고 문을 열고 복도로 나가 버렸다. 해나래는 한숨을 내쉬며 웃었다.

"에휴, 계속 저기압이네. 담아, 유주랑 인사했니?"

담이는 고개를 저었다.

그 아이는 양 할머니의 손녀였다. 그러니 정 교수의 먼 친척이기도 했다. 어릴 때부터 외국에서 살다가 한국에 온 지 얼마 되지 않았는데, 가까운 곳에 살아서 이 집에 자주 드나들었다.

"요 며칠은 외가댁 다녀온다고 안 보이더니. 유주는 담이 너랑 동갑이야. 남동생이 있는데, 그 애는 한 살 어리고. 유주가 게시판에 관심이 아주 많지. 어디 보자, 오늘은 어떤 말씀을 하셨니? 음…… 여전하시구나. 담이가 수고 많아."

"……아니에요."

담이는 조그맣게 대답했다. 해나래의 수고한다는 말도 그다지 진심은 아닌 것 같았다.

해나래와 제학이 함께 쓰는 연구실에서, 담이는 그 남동생이라는 아이를 보게 되었다. 책장 앞에 서 있던 남자애가 휙 돌아 담이에게 다가왔다.

"아, 네가 그 애구나? 정 교수님의 비서. 반가워. 한번 만나 보고 싶었지."

묘하게 어른스러운 말투였다. 키는 작은 편이고 은테 안경 뒤의 눈은 유주처럼 쌍꺼풀 없이 옆으로 길었다.

"나는 진유원이라고 해. 넌 서담이라고 들었는데."

담이는 한 살 어린 애의 반말에 기분이 나빠졌다.

'얘는 내 나이를 모르나?'

"아, 잠깐!"

유원이 몸을 숙여 낮은 책장 뒤에 숨었다. 그 순간 문이 벌컥 열리더니 유주가 문간에 섰다. 유주의 눈썹은 치켜 올라가 있었다. 어디 숨었어! 같은 말이 터져 나올 것 같았지만, 유주는 말없이 문을 닫고 나갔다. 유원이 슬금슬금 머리를 내밀었다.

"휴, 갔군. 유주가 나한테 화가 좀 났거든."

유원이 투덜거렸다. 누나 이름을 막 부르다니, 하여간 좀 이상한 애였다. 담이의 의아한 표정을 읽었는지 유원이 덧붙였다.

"우리 집에선 누나라고 안 해. 그냥 이름을 부르지. 외국에서 오래 살다 왔거든. 그래서 난 한두 살 가지고는 누나, 형 이런 말 안 써."

유원은 담이 표정을 살폈다.

'그러니까 지금 나도 이름으로 부르겠다는 거야?'

당연히 기분이 별로였지만, 자기 누나한테도 이름을 부른다는데 어쩌랴. 유원은 호기심 가득한 눈으로 담이를 훑어봤다.

"어떻게 교수님께 선택을 받은 거야? 얼마나 특별하기에?"

'하나도 특별하지 않아. 선택을 받은 것도 아니야. 제대로 글을 받아 적고 있지도 않은데.'

담이는 속이 답답해졌다.

만일 그 사건이 일어나지 않았다면 이렇게 집을 오가다가 방학이 끝나 버렸을지도 모른다. 교수님의 변덕에 장단을 맞춰 주며, 오늘은 어땠냐는 엄마의 물음에 어정쩡하게 대꾸하면서.

정신을 잃을 정도로 더운 날이었다. 몇 주간 비가 오지 않아 정원의 풀들이 노랗게 말랐고, 양 할머니와 제학은 텃밭이며 나무며 꽃에 물을 주느라 바빴다.

오늘도 똑같겠지, 담이는 벌써 지친 기분으로 정 교수 쪽은 쳐다보지도 않고 고개 숙여 인사했다. 자리에 앉아 종이와 펜을 들었을 때 책상 너머에서 희미한 신음이 들렸다.

정 교수의 앞머리가 땀으로 축축이 젖어 이마에 달라붙어 있었다. 정 교수는 가슴을 움켜쥐고 허물어지듯 앞으로 쓰러졌다. 담이는 자기도 모르게 몸을 날려 정 교수의 머리가 책상에 부딪히지 않도록 잡았다. 차가운 진땀이 손에 묻었다.

담이는 얼어붙은 듯 그대로 멈춰 있다가, 가까스로 누군가를 불러야 한다는 생각이 들었다. 벌벌 떨며 정 교수의 머리를 책상에 내려놓고, 담이는 연구실로 달려갔다. 노크도 하지 않고 문을 활짝 밀어젖히자, 각자의 책상에 앉아 있던 해나래와 제학이 놀라 담이를 쳐다봤다.

'정 교수님이 쓰러지셨어요!'

그런데 말이 안 나왔다. 담이는 눈을 크게 뜨고 숨을 헐떡이며 해나래를 뚫어져라 바라보기만 했다. 치과에서 마취를 했을 때처럼 혀와 입술이 아렸다. 아이들 앞에서, 선생님 앞에서 한 마디도 할 수 없었던 바로 그때처럼.

"왜 그러니? 정 교수님에게 무슨 일이라도 생긴 거야?"

해나래가 묻고, 담이는 고개를 끄덕였다. 우당탕 의자를 밀어젖
히고, 담이까지 옆으로 밀며 해나래와 제학이 뛰어나갔다. 소동이
난 것을 알고 양 할머니도 달려왔다.

담이는 문가에 서서 어른들이 정 교수를 둘러싸고 응급조치하는
것을 보았다. 마침내 정 교수가 눈을 뜨고, 해나래가 허리를 펴 이
마의 땀을 닦을 때까지 담이는 그 자리에 동상처럼 서 있었다.

"괜찮아지셨어. 가끔 발작이 일어나셔서…… 담이 너는 괜찮
니?"

해나래가 어깨를 다독이고 나서야, 담이는 긴장이 풀렸다. 여태
꼭 깨물고 있던 입술에서 피 맛이 났다.

"무슨 일이 생기면 여기 전화기를 들고 말하면 돼. 우리 연구실
과 부엌으로 연결돼 있으니."

해나래가 친절하게 설명해 주었지만, 담이는 시무룩했다. 이렇
게 중요한 순간에도 말을 못 하는 자기 자신이 너무나 바보같이
느껴졌다.

'나 때문에 정 교수님이 돌아가실 수도 있었어……. 내가 제대로
말을 못 해서 진짜 큰일이 날 뻔했다고!'

그렇게 생각한 건 담이만이 아닌 모양이었다. 다음 날 집을 찾아
갔을 때, 정 교수는 첫날 이후 처음으로 담이를 제대로 바라보았
다. 평소보다 기운 없어 보였지만, 목소리는 단호했다.

"이렇게 낭비할 시간이 없다는 걸 깨달았다. 이제는 올 필요가 없다."

담이는 축 처진 걸음으로 해나래 뒤를 따라 나왔다.

"아이참…… 교수님도 너무하시지. 어머니께는 내가 잘 말씀드릴게. 수고 많았어."

해나래가 미안해할 일은 아니었다. 애초에 경고를 듣지 않았던가. 정 교수의 마음이 바뀌어 언제 내보낼지도 모른다고. 그리고 어제 담이가 한 일을 생각하면, 아니, 하지 못한 일을 생각하면 쫓겨난다고 해도 서운할 건 없었다. 이제 예전으로 돌아가 학원이나 열심히 다니고, 못 했던 검도도 하고……. 아, 진짜 싫다!

담이는 혼자 현관 앞에 남았다. 현관의 색유리창으로 새어 들어온 햇살이 바닥에 일렁이며 빛그림을 그렸다.

'……엄만 뭐라 할까?'

갑자기 머리가 아파 왔다. 엄마는 미심쩍어하면서도, 이모와 할머니에게 담이가 어느 대단한 작가의 일을 돕게 됐다고 알렸다. 담이는 엄마 목소리에 담긴 은근한 자랑스러움을 느낄 수 있었다. 그런데 이렇게 돼 버렸으니, 엄마는 실망할까? 아니, 그럴 줄 알았다며 처음부터 기대도 안 했다고 말할지도 모른다.

그때 눈에 ㅊ ㄱ이라 적힌 문이 들어왔다. 여기 온 첫날 들어가 길을 잃었던 문이었다. 담이는 문을 열고 안으로 들어섰다. 길을 잃으면 차라리 좋았겠지만, 걸을 기운조차 나지 않아서 담이는 세 번째 방에서 멈췄다. 창문이 없는 방이었다. 문을 닫자 그 방은 방

문 밑으로 새어 들어오는 흐린 불빛 빼고는 완전히 어두워졌다.

약간은 위로가 되고, 조금은 더 외롭게 하는 고요한 어둠 속에서 담이는 한참을 서 있었다. 말이 차오르고 끓어올라 넘칠 때까지, 입 밖으로 튀어나올 때까지.

담이는 크게 숨을 들이마시고는 소리를 질렀다.

"이 바보야!"

"넌 진짜 바보 멍청이야! 제대로 하는 일이 없어!"

두 눈에 눈물이 가득 고였다. 담이는 눈앞에 주먹 쥔 손을 대고 흑흑 울었다. 이건 비밀이지만 담이는 가끔 이렇게 울었다. 가슴에 쌓이고 쌓인 것들이 목까지 차오르면, 울음은 말보다 쉽게 나왔다.

담이는 동네에서 시간을 때우다 집에 늦게 들어갔다. 엄마는 대학원에 가서 아직 돌아오지 않았다. 담이는 혼자 밥을 차려 먹고 일찌감치 잠자리에 들었다. 밤늦게 돌아온 엄마가 담이 방에 들어왔을 때는 살짝 깼지만 자는 척을 했다.

다음 날 아침, 밥을 먹으면서도 엄마 눈치를 보느라 조마조마하고 있는데, 엄마가 전화를 받았다.

"아, 해나래 씨, 안녕하세요."

그 전화겠구나. 담이는 숟가락을 놓고 자리에서 일어났다. 엄마의 실망한 표정을 보고 싶지 않았다. 그런데 전화를 끊은 엄마가 어리둥절한 얼굴로 담이를 불렀다.

"담아, 이게 무슨 소리니? 오늘 다시 와 달라는데? 원래 가는 날 맞잖아?"

담이가 쭈뼛거리며 방으로 들어갔을 때 정 교수는 언제나처럼 책상 맞은편에 앉아 있었다. 정 교수는 담이가 자리에 앉자마자 바로 이야기를 시작했다. 담이는 서둘러 종이와 만년필을 잡았다.

***

그 벽은 높았다. 돌처럼 딱딱한 피부를 가진 거인이 벽의 일부가 되어 무릎을 끌어안은 채 앉아 있었다. 그는 적당히 떨어진 곳에서 거인에게 공손히 물었다.

"이 벽의 문은 어디 있나요?"

"내가 바로 문이지."

거인이 대답했다. 그 얼굴 또한 벽처럼 아무 표정이 없었다.

"그럼 그 문은 어떻게 해야 열리나요?"

"내게 질문을 해라. 옳은 질문을 하면 그 답으로 문이 열릴 것이다."

무슨 질문이 이 거대한 문을 여는 열쇠가 될까. 그는 몇 가지 질문을 했지만 거인은 꼼짝도 하지 않았다.

"벽 안에는 무엇이 있나요?"

그는 지쳐서, 그저 자신이 가장 알고 싶은 것을 물었다. 거인이 대답했다.

"모른다. 난 벽 안을 본 적이 없다."

"그럼 보고 싶지 않나요?"

"보고 싶냐고…… 봐도 되는 걸까."

거인은 마침내 무거운 몸을 일으켰다. 오랜 시간 동안 거인의 발 위에 쌓인 흙과, 거기 자라던 나무와 풀들, 붉은 도마뱀들이 우수수 떨어졌다. 거인이 앉아 있던 자리만큼의 공간이 뻥 뚫렸다.

거인은 뒤돌아 벽 안쪽을 바라봤다. 다시 몸을 돌린 거인의 얼굴에는 아까까지는 없었던 희미한 감정이 아른거리고 있었다. 거인은 먼 곳을 보듯 눈을 가늘게 뜨고 말했다.

"벽을 통과하기 전에 한 가지 알려 주지. 네가 지금까지 온 길이 보인다. 네가 연 문을 통해 무언가 너를 따라오고 있어. 어떤 덩어리 같은 것이."

***

담이는 놀랍고 조금은 먹먹한 기분으로 방을 나왔다. 담이가 게시판에 붙인 쪽지를 읽고, 제학은 손에 들고 있던 얇은 시집을 떨어뜨렸다.

"이건 진짜 벽 이야기잖아!"

45

3

◇◇◇◇◇◇◇◇◇◇◇◇◇◇◇◇◇

진짜 이야기의
시작

다음 날 담이는 평소보다 한 시간이나 일찍 집에 도착했다. 어제 쓴 글을 빨리 다시 읽고 싶었던 것이다. 그런데 마당으로 올라가는 계단에서 발이 묶이고 말았다. 양 할머니와 관리인 아저씨가 현관 앞에서 말다툼을 하고 있었다. 아니, 관리인 아저씨가 일방적으로 야단을 맞는 것 같았다.

관리인 아저씨는 호칭만 관리인이지 여기 살지도 않고 딱히 하는 일도 없어 보였다. 아저씨는 반팔 와이셔츠에 통 넓은 양복바지를 입고 연신 땀을 닦고 있었는데, 피부가 하얗고 살이 포동포동하게 쪄서 호빵 같았다.

"이미 약속이 된 거라니까요?"

"약속은 약속이고, 지금 정 교수님 몸 상태가 그렇지 않은데 어떻게 부동산 사람을 만나니? 경호 너도 이러는 거 아니야, 관리인 노릇을 하라고 했지 집을 팔라고 한 건 아니다. 자꾸 이러면 너도 이 집에 들이지 않을 거야."

"아, 이모님! 제가 다 정 교수님 생각해서 이러는 거예요. 저도 혈육이라고요……."

"생각한다는 애가 할 짓이야, 이게? 누구 맘대로 집을 내놔? 교수님이 계시는데!"

양 할머니 목소리가 점점 커지는 것이 심상치가 않았다. 관리인 아저씨가 벌건 얼굴로 한마디 하려는데, 해나래가 이층 창문에서 고개를 내밀고 외쳤다.

"경호 씨, 배드민턴 칠래요? 지금 제학이가 손목을 삐끗해서 못한다네. 나랑 한 판 쳐요."

"날이 이렇게 더운데 무슨 배드민턴?"

관리인 아저씨는 손수건으로 이마를 닦으며 투덜거렸다.

"이열치열이죠. 가지 말고 거기 있어요. 금방 내려갈게요."

해나래의 머리가 창문 안으로 쏙 들어가자 관리인 아저씨는 기겁하며 소리쳤다.

"나 안 해요, 안 한다구요! 거참!"

관리인 아저씨는 해나래에게 붙잡혀서 한여름 대낮의 배드민턴이라는 끔찍한 일을 겪을까 무서운지, 양 할머니와 하던 얘기도 채 마무리 못 짓고 허둥지둥 대문을 빠져나갔다.

그러나 해나래는 내려오지 않았다. 대신 제학이 창문으로 고개를 내밀더니 무표정한 얼굴로 입꼬리만 끌어올려 웃었다.

"역시. 뭐 움직이는 거 하자 그러면 바로 도망가지. 어? 서담!"

제학이 담이를 보는 눈빛이 조금 변한 것 같다면 섣부른 착각일까. 양 할머니도 환히 웃으며 담이를 맞이했다.

"담이 왔구나. 옥수수 쪄 놨단다. 먼저 먹고 하렴."

담이는 양 할머니가 들려 준 찐 옥수수 바구니를 들고 연구실로 올라갔다. 해나래가 담이에게 의자를 가까이 가져다주었다.

"담이도 많이 먹어. 먹고 힘내서 벽 이야기 잘 써 줘!"

"장난하시는 줄 알았는데……. 그걸 진짜 너한테 받아 적게 하시다니. 정말 무슨 생각이신 걸까?"

제학이 중얼거렸다. 제학의 무릎 위에는 노란 고양이 비단이가 느긋하게 자리 잡고 있었다. 이 집에는 '반디'라는 이름의, 보랏빛이 감도는 잿빛 고양이가 한 마리 더 있었는데 반디는 낯선 사람을 좋아하지 않아서 담이가 나타나면 쏜살같이 어디론가 숨어 버렸다.

얼떨떨한 건 담이도 마찬가지였다. 그만하라고 돌려보내 놓고 바로 진짜 이야기를 들려주다니, 교수님이 변덕을 부리는 거라면 정말 제대로였다. 해나래는 호탕하게 제학의 어깨를 두드리며 말했다.

"쓸 마음이 드셨다는 게 어디야. 긍정적으로 생각하자고. 그래, 담이도 이제 교수님에 대해 알아야지. 정 교수님은 정말 유명한 학자야. 다루는 주제, 쓰는 책마다 학계를 뒤흔들어 놓았단다. 그리고 대단한 작가시기도 해. 주로 즉흥에서 시작되는 실험적인 소설을 썼고……. 음, 실험적이라는 말이 뭔지 아니?"

담이는 어렴풋이 유리병에 든 표본들이 있는 과학 실험실을 생각했다. 정 교수님이 그 한가운데 서서 빨갛고 파란 액체가 담긴 비커를 휘젓는다고 상상하니, 우스꽝스러우면서도 조금 무시무시했다.

"그러니까 아주 새로운 걸 써서 사람들을 놀라게 했다고 생각하면 돼. 아, 글쎄, 한마디로 설명하기가 쉽지 않네. 아주 간단하게 말하자면, 언어가 생명체라는 거야. 살아 있다는 거지. 마치…… 기생충처럼 인간의 몸을 숙주 삼아서, 천년이고 만년이고 살아가는……. 아, 이거 설명이 어렵네."

해나래가 머리를 긁적였다.

"제가 간단하게 말해 볼게요."

제학이 끼어들었다.

"그는 말을 타고 강을 건넜다. 어떤 모습이 떠올라?"

담이의 머릿속에 갈색 말을 타고 강을 건너가는 한 사람의 모습이 떠올랐다. 뾰족한 모자를 쓰고, 화려한 옷을 입고, 허리에는 칼을 차고……. 제학이 말을 덧붙였다.

"그런데 말이야, 그 말이 네 발 달린 말이 아니라 말하는 말인 거야."

담이는 어리둥절했다. 말하는 말을 어떻게 탄단 말이지? 그걸로 강을 건넌다고?

"정 교수님은 고정관념을 가지지 않으려고 애쓰셨어. 한 방향으로만 생각하지 말라는 거지. 생각을 넓히다 보면, 아주 평범한 한 단어에서 엄청난 이야기가 시작될 수도 있는 거야. 이 집도 그런 의미로 지으신 거래. 정 교수님 작품 세계를 형상화한 집이라고,

그렇게 인터뷰하신 걸 본 적 있어."

방들이 서로 연결되어 있는, 미로같이 얽힌 이 집. 처음 문을 들어선 순간에는 어디로 가게 될지 알 수 없는, 정체를 알 수 없는 문패들이 해석할 수 없는 지도가 된 집.

"이 집은 거의 30년 전에 지어졌어. 큰 교통사고를 당하셔서 몸이 불편해진 후에 짓기 시작하셨대."

괴상한 집과, 그 집에 틀어박혀 놀라운 글을 써내는 작가는 사람들의 호기심을 자아내기 충분했다. 정 교수는 이 집을 더욱 비밀스럽게 만들었다. 일 년에 딱 한 번, 여름에만 사람들이 집에 올 수 있게 한 것이다.

그때가 되면 정 교수와 친분이 있는 학자와 작가는 이 집에 와서 몇 주간 머무르며 각자의 연구와 작업을 할 수 있었다. 정 교수는 그런 부분에 있어서는 아주 너그러워서, 무료로 방과 식사를 제공하며 마음 편히 머물도록 해 주었다.

'여름 캠프 같은 거네.'

담이는 여름 캠프 따윈 질색이었지만, 이 집에서 열린다면 재미있을 것 같았다.

그 모임에서 중요한 역할을 한 것이 바로 게시판이었다. 그 시절 정 교수는 직접 글을 써서 게시판에 붙였다. 짧은 논문이기도 했고 수수께끼 같은 이야기이거나, 원고의 한 부분이기도 했다. 사람들은 정 교수의 뜻에 따라 그에 대해 토론을 했다.

"그 토론에서 아주 의미 있고 중요한 결과물이 나오기도 했어.

그때가 이 집의 황금기였을 거야. 그런데 갑자기 여름 모임을 안 하시겠다고 한 거야. 그게 10년쯤 됐나."

정 교수는 홀로 이 집에 머물렀다. 아무런 글도 쓰지 않고, 아무 말도 하지 않고, 죽음과 같은 침묵 속에서.

사람들은 수군댔다. 무엇이 정 교수의 입과 손을 막고 있는지는 아무도 몰랐다. 이미 제정신이 아니라는 소문, 혹은 엄청난 대작을 쓰고 있다는 소문도 돌았다.

정 교수가 마침내 침묵을 깨고, 비서를 두어 글을 다시 쓰기 시 작했을 때 사람들은 기대하고, 의심했다. 벽과 문에 대한 그 이야 기는 정 교수가 지금까지 쓴 글과는 너무나 달랐기 때문이다.

"뭐랄까, 좀 동화 같은 이야기잖아. 워낙 상징과 수수께끼를 좋아하는 분이시니 뭔가 숨겨져 있겠지만. 게다가…… 다들 놀랐지, 교수님이 이게 자기 마지막 작품이 될 거라고 했거든."

"마지막이요?"

"유작이 될 거라고. 이거 말고는, 할 이야기도 없다고 하셨지. 재작년엔 집 1층을 전시실로 만드는 것도 허락하셨고."

해나래는 생각에 잠겨 컵을 들어 물을 마신다는 것이, 필통을 집어 입에 대었다. 제학이 쯧쯧 혀를 차고는 해나래 손의 필통을 컵과 바꿔 주었다.

"그건 그렇고, 여름 모임 그거 진심은 아니시겠지?"

해나래가 퍼뜩 정신을 차리며 말했다.

"다시 여름 모임을 열겠다고 하셨거든. 그래, 담이 네가 친구들과 견학 왔던 그날 말이야. 다짜고짜 준비하라고 그러서서, 비서였던 세준 씨마저 두 손 들었지. 그래 놓고 또 말이 없으신 걸 보니 변덕이셨나 봐."

"그 변덕 덕에 새 비서님이 생겼죠."

제학은 담이를 흘낏 바라보곤 말을 이었다.

"알겠지, 네가 얼마나 엄청난 일을 하고 있는지? 뭐, 교수님이 언제 또 변덕을 부려서 이야기를 그만하실지는 모를 노릇이지만. 교수님에게 비서는 그냥 연필 같은 거야, 자기 말을 종이에 옮겨 주는 자동 연필. 딱 거기까지야."

옥수수를 다 먹을 즈음, 교수님을 만날 시간이 됐다. 담이는 어깨에 힘이 들어간 채 걸었다. 책상 앞에 앉아 만년필을 잡을 때까지도 긴장은 풀리지 않았지만, 정 교수는 오늘도 어제처럼 제대로 이야기를 해 주었다.

***

그 벽은 어둠이었다. 그는 벽 속에 손을 집어넣어 보았다. 어둠은 손가락의 윤곽조차 확인할 수 없도록 짙고 끈끈했다. 그는 혹시나 있을지도 모를 문이나 어둠이 조금이라도 옅은 곳을 찾아 벽 주위를 돌았지만, 해가 지도록 찾지 못했다. 밤이 되자 어둠의 벽은 더욱 존재감을 드러냈다. 그 벽에 비하면 밤은 도리어 밝았다.

그는 그대로 벽을 돌파하기로 마음먹었다.

벽 속은 깊었다. 그는 몇 발자국 떼지 않아 실수했다는 것을 깨달 았다. 보이지 않고 들리지도 않았다. 어둠은 숨을 타고 그의 폐 속으로 스며들어 와 숨조차 쉴 수 없게 만들었다.

가방을 끌어안고 주저앉았을 때, 그는 희미한 빛이 가방 입구에서 흘러나오는 것을 보았다. 마지막 숨을 붙잡듯 그는 가방에 손을 넣어 빛을 움켜잡았다. 뜨겁고 날카로운 빛이 손을 찔러 피가 흘렀지만 그는 아픔도 느끼지 못했다. 그는 빛을 꺼내어 휘둘렀다. 그러자 장막을 가르듯 어둠의 벽이 갈라졌다. 그는 비틀거리며 어둠이 사라진 틈으로 걸어 나왔다.

손에 쥐고 있던 것은 언제 구했는지도 잊고 있었던 번개 열쇠였다. 번개는 그의 손 안에서 마지막 빛을 번쩍이고 사라져 버렸다.

*＊＊

"잘못 쓴 건 없겠지. 어물쩍 넘어가지 말고 제대로 확인해라."

이야기를 마치고 정 교수가 말했다. 아픈 손을 주무르며 방금 자기가 쓴 글을 내려다보던 담이는, 우물쭈물했다.

확인하고 싶은 것은 딱 하나였다.

'왜 저를 다시 부르신 거예요?'

그 질문은 꿀꺽 삼키고, 담이는 제법 용기를 내어 물어봤다.

"음…… 이 사람은 이름이 없나요?"

정 교수는 흥 콧방귀를 뀌더니 되물었다.

"그러는 넌 이름이 뭐냐?"

그러고 보니 정 교수는 담이의 이름조차 물어본 적이 없었다. 담이라 대답하자 정 교수는 무신경한 태도로 이야기 속 사람 이름을 람이라 했다. 그렇게 대충 이름을 지어도 되는지 담이는 미심쩍었지만 정 교수는 고집스러웠다.

"됐어, 이름 같은 건 그다지 중요하지 않아. 아무리 가볍게 지었어도 곧 의미가 덕지덕지 붙어 무거워지고 말지. 다른 이름으로 하고 싶으면 마음대로 해라. 너 또한, 이 글을 받아 적는 이로서 권리가 있으니."

거실로 나와서 게시판에 쪽지를 붙이고, 해나래와 제학이 한참 호들갑을 떨고 사라질 때까지 담이는 소파에 앉아 정 교수의 말을 생각했다. 연필에 불과한 담이에게 이 이야기에 대한 권리가 있다니. 정말 엄청난 말이었다.

"오늘은 뭐라고 쓴 건데? 좀 읽어 줄래?"

슬그머니 나타난 유원이 담이에게 말을 걸었다. 방금 들어왔는지 이마는 땀으로 축축했고, 얼굴은 발갛게 익어 있었다. 유원은 손자국이 많이 난 안경을 벗어 티셔츠에 문질러 닦았다.

"네가 직접 보면 되잖아."

"나는 그거 못 읽어. 한글 모르거든, 외국에서 자라서."

"진짜? 하나도 몰라?"

유원은 얼굴을 찡그렸다.

"내 이름 정도야 알지. 간단한 건 알아. 그런데 이런 문장 같은 건 못 읽는다고. 그러니까 읽어 줘, 서담!"

담이는 유원의 뻔뻔함에 감탄하며 글을 읽었다. 유원은 게시판 아래 쭈그리고 앉아서 연신 고개를 끄덕이며 이야기를 들었다.

"뭐, 뻔하네!"

유원은 일어나면서 기지개를 켰다. 대수롭지 않다는 말투였다.

"이야기 속의 그 사람, 정 교수님 자신 아니겠어? 자기 인생을 돌이켜 보고 싶으신 거지. 근데 몇 년도에 뭐 했다, 이렇게 쓰면 재미없잖아. 정 교수님이 어떤 분인데. 저렇게 소설처럼 딱 꾸며서 얘기하시는 거야."

태도는 건방졌지만 실로 그럴듯한 의견이었다. 담이는 저도 모르게 물었다.

"그럼 벽은 뭘 말하는 건데?"

유원은 여유롭게 대답했다.

"교수님 인생에 닥친 어려움, 이런 거겠지……. 아, 목마른데 우리 내려가서 뭐 좀 마실래?"

뭐 이런 애가 다 있지! 그래도 담이는 유원의 뒤를 따라 부엌으로 내려갔다.

부엌은 양 할머니의 공간이었다. 네댓 명이 앉을 수 있는, 식당 식탁에 비하면 퍽 소박한 간이 식탁이 있어 평소 집안사람들은 넓은 식당 대신 이 아늑한 부엌에 모여 식사를 하거나 간식을 먹었다.

양 할머니는 얼음을 넣은 시원한 오렌지 주스 두 잔을 따라 주었다. 유원은 오렌지 주스를 한 모금 마시더니 마치 선생님이라도 된

듯한 말투로 물었다.

"그래서 서담, 너는 이 이야기 좋아해?"

"뭐…… 싫진 않아."

좋다고 말하는 것이 쑥스러워서, 담이는 소심하게 대답했다.

"그럼 잘됐네. 싫어하는 얘기를 받아 적으려면 얼마나 짜증이 나겠어."

유원이 시원스레 웃었다. 첫인상과 달리 유원은 대화하기 편한 상대였다.

"유주도 이 이야기에 관심이 많아. 있지, 유주는 너 때문에 기분 상했을지도 몰라."

"나 때문에? 왜? 난 걔랑 말도 안 해 봤는데?"

의외의 말에 담이는 놀라 물었다. 가끔 보긴 했지만 유주는 본척만척 옆을 지나칠 뿐이었다.

"그 이야기, 네가 쓰고 있잖아. 유주가 생각했을 때는 동갑인 너도 쓰는데 왜 자기는 안 될까 싶을 수 있지. 너무 신경 쓰지 마. 원래 모든 일에 기분 나빠하니깐. 나 봐, 만날 피해 다니느라 바쁘다고."

"둘이 왜 그렇게 사이가 안 좋아?"

담이가 묻자 유원은 심각한 표정으로 주스 잔을 내려놓았다.

"음…… 이건 비밀인데, 우리는 친남매가 아니거든. 피 한 방울 안 섞였다고. 유주는 아빠 쪽 애고, 난 엄마 쪽 애야."

예기치 않게 남의 비밀을 들어 버린 담이는 괜히 미안한 기분이

들었다.

"……아무한테도 얘기 안 할게."

"그래, 부탁해……. 어!"

유원은 남은 주스를 단숨에 들이켜고는 자리에서 일어났다. 부엌 입구에 유주가 서 있었다. 유주는 냉랭한 표정으로 담이와 유원을 바라봤다. 정말 차갑게 생긴 아이였다. 여름에도 땀 한 방울 흘릴 것 같지 않았다.

"어……."

유원이 뭐라 말하려 했지만, 그 전에 유주는 그대로 뒤돌아 나갔다. 유원은 어깨를 으쓱였다.

"쳇. 아직도 안 풀렸군. 나도 가 봐야겠어. 서담, 이야기 기대할게. 재미있어질 거 같아!"

담이가 쓰는 이야기는, 한마디로 벽을 넘는 사람의 이야기였다. 그 사람은 벽에 맞닥뜨리고, 문을 발견하고, 열쇠를 찾아 그 벽을 넘어갔다. 그 벽과 열쇠는 하나같이 신기했다. 컴컴한 어둠의 벽을 빛나는 열쇠로 여는가 하면, 흙벽에는 씨앗 열쇠를 심었다. 씨앗 열쇠는 뿌리를 내리고 싹을 틔워 살아 있는 나무 문을 만들어 냈다.

이 이야기를 받아쓰고 있을 때면 담이는 스스로가 아주 커지는 기분이 들었다. 아무것도 없는 곳에서 뭔가가 생겨난다. 담이 앞에 놓인 것은 하얀 종이뿐이고, 정 교수는 그저 이야기를 할 뿐인데 그게 어떤 형상이 되고, 흐름이 되고, 이 세상엔 없을 벽들이 세워진다. 그냥 말이고 글자인데 어떻게 보이고 들리는 걸까. 바로 담이가 쥔 만년필 끝에서 그 모든 일이 이뤄진다는 게 너무나 신기했다.

'정 교수님은 이 이야기를 어떻게 다 생각해 내시는 걸까? 미리 생각해 뒀다가 이야기해 주시는 걸까, 아니면 그 자리에서 바로 지어내시는 걸까?'

그 사람은 누구일까? 왜 벽을 넘는 걸까? 밤에 자려고 누우면 온갖 질문이, 말들이 밀려왔다. 정 교수 앞에서는 겨우 하나 할까 말까 한 질문들이었다.

'끝에 가면 다 알 수 있겠지? 이 이야기는 언제 끝날까?'

끝을 생각하면 담이는 묘한 기분에 사로잡혔다. 이 이야기가 끝나면 집과의 인연도 끝날 것이다. 담이는 이불을 머리끝까지 덮어썼다. 아직, 끝은 멀었으니까.

***

이 벽은 숲으로 되어 있었다. 빽빽하게 들어찬 나무는 아무리 애를 써도 틈을 내주지 않았다. 게다가 숲에는 사나운 판다가 살고 있어서 날카로운 발톱으로 침입자를 위협했다.

판다를 피해 나뭇가지 사이에 숨은 람은 희귀한 동물을 발견했다. 바로 눈 없는 달팽이들이었다. 눈이 없는 달팽이는 더욱 느리게 기었고 판다가 나뭇잎을 우적우적 씹어 먹을 때 같이 먹혀 버렸다.

한 달에 딱 한 번 눈을 가질 수 있는 기회가 왔다. 보름달이 숲 한 가운데를 지나는 밤, 그 청명한 달빛을 쬐면 아무것도 없었던 얼굴 안 쪽에 작은 눈의 씨앗이 박히고, 그것이 점점 커져서 마침내 얇은 살갗 을 밀어내고 밖으로 나와 세상을 보는 눈이 되는 것이었다.

람은 자기가 아는 것을 달팽이들에게 말해 주었다. 그러나 달팽이 들은 람의 말을 듣지 않았다.

"눈 같은 건 필요 없어. 우린 평생 이렇게 살다가 죽을 거라고."

"우리는 어차피 보지 못하는 존재로 태어났어."

달팽이들은 웅성거리다가 제각기 집으로 쏙쏙 들어가 버렸다. 람 은 낙심했다.

그런데 그때, 달팽이 한 마리가 이파리 사이에서 수줍게 고개를 내 밀었다.

"거기, 아직 있니?"

"응, 나 여기 있어."

람은 달팽이에게로 고개를 숙였다. 달팽이는 조그만 목소리로 말 했다.

"눈을 가질 수 있다는 게 진짜야? 한번 해 보고 싶은데 나 좀 도와 줄 수 있어?"

람은 빨리 숲벽을 넘어서 도시로 가야 했다. 하지만 달팽이는 눈이 없으니 어디서 달빛이 내리쬐는지도 모를 터였다.

람은 달팽이 곁에 머물렀다. 마침내 보름달이 뜨는 날이 되자 람은 달팽이를 데리고 정성껏 달빛을 쬐게 해 주었고, 달팽이는 결국 눈을 얻었다.

"기분이 어때?"

람이 조심스럽게 물었다.

"놀라워…… 정말로 놀랍군. 이렇게 생긴 세상인 줄은 몰랐어."

달팽이는 주위를 둘러보다가 람에게 물었다.

"너는 여기에 왜 왔니?"

벽을 넘어 도시로 들어가려 한다는 람의 말에, 달팽이는 어렵게 두 번째 부탁을 꺼냈다.

"나도 좀 데리고 가 줄래? 나뭇잎 사이에만 있고 싶지 않아. 넓은 세상을 보고 싶어. 네가 말한 그 도시, 나도 보고 싶어."

람은 달팽이의 간곡한 말에 마음이 흔들렸다.

"그래, 데리고 가 줄게."

그렇게 달팽이는 람의 길동무가 되었다. 람은 달팽이에게 이름도 붙여 주었다.

*　*　*

정 교수는 말을 끊고는 담이에게 손짓을 했다. 담이는 그 손짓의 의미를 알아들었다. 담이가 달팽이의 이름을 정하는 동안 정 교수는 잠잠히 기다려 주었다.

'어떤 이름이면 좋을까?'

담이는 정 교수와 이 글을 읽을 모두를 감탄시킬 만한 대단한 이

름을 생각해 내고 싶었다. 무거운 부담감에, 이런 기회를 얻지 못
하는 게 차라리 나았겠다는 생각까지 들었다. 그때 정 교수가 길게
한숨을 내쉬었다.

"휴."

정 교수가 했던 말이 생각났다. 이름은 중요하지 않아, 어차피
많은 것이 붙어 무거워질 테니까……. 가볍게, 할 수 있는 만큼만.

갑작스레 달팽이의 이름이 떠올랐다.

'핑.'

***

핑과 함께하게 된 것은 람에게도 행운이었다. 달팽이 핑이 숲벽을
지나는 열쇠가 되어 줬던 것이다. 핑은 더듬이를 뻗어 판다들이 나무
를 뜯어 먹는 바람에 생긴 구멍을 찾아냈다. 람은 핑을 집어 어깨에
올려놓았다. 핑의 먹이가 될 나뭇잎도 여러 장 챙긴 다음, 둘은 벽을
통과했다.

***

오른손이 저렸고 콧등에는 땀이 송송 났지만, 빼곡히 글이 적힌
쪽지들을 보고 있노라니 기분은 좋았다. 이야기에 잔뜩 빠져 있던
터라 담이는 바로 질문을 할 수 있었다.

"근데 도시에 뭐가 있는데요?"

"뭐라고?"

"아니…… 도시로 간다고 하셨잖아요. 그래서…… 왜 가는지 궁금해서……."

담이는 머쓱해서 말끝을 흐렸다. 예전엔 람이 벽을 넘어 어디로 가는지도 몰랐다. 오늘 드디어 '도시'라는 단서가 나온 것이다.

"궁금해할 것도 없다. 말도 안 되는 얘기니까. 나오는 대로 뱉을 뿐이야."

정 교수는 불퉁하니 말했다. 담이는 혼란스러웠다.

"다들, 다들 중요하다고 그러던데요. 교수님의 마지막 작품이고, 되게 의미 있는 거라고……."

"하! 그 말을 아직도 믿고 있단 말이냐?"

"그럼 거짓말을 하셨단 말이에요?"

담이가 놀라 묻자 정 교수가 되물었다.

"거짓말? 거짓말이 뭐지?"

"틀린 걸…… 말하는 거요."

"그럼 맞는 걸 말할 수도 있단 말이냐? 말은 언제나 틀려. 말은 언제나 어긋나지. 모두 자기가 모르는 것을 아는 것처럼 말하고, 느끼지 못한 것을 느낀 것처럼 말해. 차라리 아무 말도 하지 않는 게 옳을 거야."

정말 이상한 말이었다. 그렇게 생각하면 말을 하지 못하는 담이가 차라리 나은 것이다, 아무 말이나 막 하는 애들보다. 하지만 그래도 담이는……

"……그래도 전 말을 제대로 하고 싶어요."

담이는 입을 막았다. 얼굴이 화끈거렸다. 뜬금없는 소리를 해 버렸다. 그러나 정 교수는 말꼬투리를 잡지도, 무슨 소리냐고 묻지도 않았다.

"그렇다면 거짓말이 될지언정 말을 만들어 내려고 시도해야 해. 그러다 보면 어느 순간에…… 진실에 닿을 수도 있을 테니. 그러한 이유로 나 또한 말을 이어 가는 거다."

잠시 침묵하던 정 교수는 천천히 말했다.

"그는 비밀을 밝혀야 했어. 지금이야 자기가 비밀을 밝혀야 한다는 걸 모를 수도 있지. 아니, 모른 척하고 싶을지도 모르지."

담이는 한 박자 늦게, 이 말이 첫 번째 질문에 대한 답이라는 걸 알았다. 그는, 람은 비밀을 밝히기 위해 벽을 넘어 도시로 가는 것이다…….

'무슨 비밀일까?'

정 교수의 말은 잡힐 듯 잡히지 않는, 눈을 깜박일 때마다 다른 빛깔로 빛나는 비눗방울 같았다. 답을 들을수록 질문이 더 생겼다.

"정해진 것은 없어. 계획도 없지. 무슨 일이 벌어질지는 나조차 모른다. 말이 말을 불러와 이어져 가는 것일 뿐."

정 교수는 길게 숨을 내쉬더니 지금까지 담이가 한 번도 하지 않은 일을 시켰다.

"램프에 불을 켜 다오. 그 정도는 할 수 있겠지."

담이도 물론 과학 시간에 알콜 램프에 불을 붙여 봤다. 담이는 침대 협탁에 놓인 놋쇠 램프를 가져와서 라이터로 기름 심지에 불을 붙였다.

"이 램프에 대해 이야기를 썼었지……."

정 교수가 한결 부드러워진 목소리로 말했다. 램프의 왕국. 담이는 아직 읽어 보지 못한 책의 제목을 떠올렸다. 오늘 일이 끝나면 바로 연구실로 가서 그 책을 읽어야겠다고 다짐도 했다.

"네가 보기엔 이 집이 어떤 곳 같으냐?"

갑자기 정 교수가 담이에게 물었다. 정 교수의 이전 비서들이 이 자리에 있었다면 꽤 놀랐을 것이다. 정 교수는 자기 비서에게 뭘 물어보는 일이 없었다.

담이는 한참 생각했다. 껍질을 벗기고 또 벗겨도 계속 껍질이 나오는 양파, 아니면 미로. 그 미로 가장 안쪽에는 무엇이 있을까. 그동안 정 교수는 묵묵히 기다렸다. 정 교수가 질문한 것을 잊어버린 것은 아닐까 하는 걱정을 하면서 담이가 대답했다.

"사전 같아요. 방문마다, 자음들이 붙어 있잖아요. 여러 낱말이 떠올라요."

"맞아, 그렇게 생각하라는 뜻에서 그런 문패들을 붙였지."

노인의 표정이 누그러졌다. 그 표정에 힘을 얻어 담이는 평소 궁금하던 것을 물었다.

"그럼, 무슨 단어를 뜻하는 건지 답이 있나요?"

"답?"

정 교수는 손끝으로 책상을 톡톡 두드렸다. 그에 맞춰 램프의 불꽃이 일렁였다.

"답이 정해져 있다고 생각했다면 이런 집을 짓지도 않았겠지. 아주 어리석은 생각이다."

담이는 움츠러들면서도, 답이 없다는 정 교수의 말이 참 좋다고 생각했다.

"무슨 말이든 될 수 있어. 그 낱말에서 이야기는 천 갈래 만 갈래로 갈라져. 알겠니? 바로 그런 낱말 하나에서, 문 하나에서 모든 게 시작된다고."

"하지만 낱말 하나로는 이야기를 만들 수 없잖아요. 언제나 다른 낱말이 필요하고요."

정 교수는 입을 꾹 다물었다. 담이는 자기가 뭘 잘못 말했나 싶어 마음이 아주 작아졌다.

"그래, 맞다. 말이 섞여야 하지. 바로 그런 걸 듣기 원했고, 그래서 사람들을 이 집에 불렀어. 방들은 말을 서로 나누지 못하지만, 사람은 대화할 수 있으니까. 서로의 낱말을 섞이게 할 수 있으니까. 말이 이 집을 가득 채웠지……. 하지만 그것도 옛날 일이야."

정 교수의 목소리가 잦아들었다. 담이는 정 교수가 자기 의견을 맞다고 해 준 것에 가슴이 마구 뛰었다. 그런데 정 교수가 갑자기 성을 냈다.

"뭘 하고 있는 거야! 모임을 준비하라고 한 게 언젠데! 당장 이세준이 들어오라 그래!"

담이는 어찌할 바를 모르다가 해나래를 불러왔다.

"저, 정 교수님. 세준 씨는 진작 집을 떠났는데요."

해나래가 정 교수의 눈치를 살피며 말했다. 정 교수는 잠시 어리
둥절한 모양이었으나 곧 다시 화를 냈다.

"그래서 지금 손을 놓고 있다는 건가? 내가 분명 날짜를 정해 줬
잖아. 그 날짜에 맞춰 여름 모임이 열려야만 하네! 그것도 못 할 것
같으면 이 집에서 당장 나가!"

해나래는 담이를 끌고 방을 나섰다. 그대로 연구실로 간 해나래
는 제학을 향해 과장된 몸짓을 하며 말했다.

"비상사태야! 잊어버리신 게 아니었어, 여름 모임!"

"맙소사."

제학이 머리카락 움켜쥐는 것을, 담이는 얼떨떨하게 바라봤다.
해나래는 제학의 어깨를 두드렸다.

"자자, 일을 시작하자고! 청소하고, 초대장 보내고!"

"거절 편지도 보내고요."

제학이 음침하게 덧붙였다.

4

◇◇◇◇◇◇◇◇◇◇◇◇◇◇◇◇◇

몇 가지
수수께끼

정 교수가 여름 모임을 다시 열 것이라는 소식은 학계를 발칵 뒤집어 놓았다. 모임에 오고 싶다는 신청서가 물밀 듯 몰려 들어와서, 연구실 넓은 탁자에 편지가 산처럼 쌓였다. 담이와 유주, 유원까지도 탁자에 둘러앉아 편지 봉투 뜯는 일을 도왔다.

"정말 고마워. 제학이랑 나 둘이서는 절대 못 했을 거야. 이 사람들 중에서 다시 초대할 사람과 거절할 사람을 골라내야 해."

해나래가 가위로 봉투를 자르며 말했다.

"요즘 같은 시대에 손 편지라니, 이걸 언제 다 정리해요."

제학은 평소보다 눈이 더 퀭하게 들어가서 영혼 없는 손길로 편지를 집었다.

"완전 재밌겠어요, 이 집에 사람이 꽉 차면!"

유원은 뭐가 그리 신나는지 소리를 높여 떠들어 댔다.

"시끄러워."

유주가 딱딱한 목소리로 말했다.

초대 명단을 만들고, 초대장을 보내고, 거절 편지를 보내는 일은 차라리 쉬웠다. 급하고도 어려운 일은 바로 청소였다. 정 교수는 낯선 사람이 집에 손대는 것을 싫어했기에 집안사람 몇 명이 그 넓은 집을 다 치워야 했다. 양 할머니의 지휘 아래 담이와 유주, 유원도 손걸레를 들고 청소를 도왔다. 덕분에 담이는 평소 가 보지 못한 복도와 잠긴 방까지 다 가 볼 수 있었다.

"자, 일단 문을 열어 봅시다!"

해나래가 열쇠가 가득 담긴 상자를 들고 나타났다. 열쇠마다 문패처럼 자음이 적힌 작은 나무 조각이 달려 있었다. 모두는 열쇠를 복도에 죽 늘어놓고 문에 맞는 열쇠를 찾았다.

그러나 열쇠가 없는 문도 있었다. 그런 문에는 문패도 없었다. 해나래는 난감해했다.

"정말로 열쇠가 없는 건지, 표시가 없어서 찾지 못하는 건지 모르겠어. 어쩌면 저런 문은 그냥 벽에 장식으로 붙여 놓은 건지도 몰라."

"모르죠, 몇 년째 누군가 몰래 살고 있을지도."

제학이 말했다.

"몰래 살아요? 그게 무슨 소리예요?"

유원은 호기심 어린 목소리로 물었다. 제학은 마스크 위의 눈을 가늘게 떴다.

"원래 빈방에는 주인이 생기는 법이야. 사람이 안 살면 사람 아닌 것들이 사는 거지. 예전에 4층 어느 방엔가 어떤 여자가 살았는데, 누구도 그 여자 얼굴을 본 적이 없었대. 그 여잔 사람들이 모두

자는 밤에만 방을 나와서 불 꺼진 부엌에서 음식을 찾아 먹었다지. 아주 길고, 까맣고, 두꺼운 머리카락이 그 여자가 지나간 자리에 떨어져 있었대. 그게 사람 발목에 감기고, 음식에도 섞이고……."

"꺅!"

담이는 자기도 모르게 소리를 지르며 옆에 선 유주의 팔을 잡았다. 유주가 황당하다는 듯 팔을 뺐다. 담이는 낯이 뜨거워져서 입술을 깨물었다.

"아우, 무슨 농담을 그런 식으로 해. 하하!"

해나래는 아무렇지 않게 웃었고, 유주는 쌀쌀맞게 말했다.

"헛소리는 진짜 질색이에요."

그 이야기를 들은 뒤부터 방에 들어갈 때면 담이는 뒷목이 서늘해졌다. 문을 열었는데 얼굴 없는 누군가가 책상 앞에 앉아 있으면 어떻게 하나? 문 앞에 긴 머리카락이 있으면?

그 전까지는 어떻게 혼자 겁 없이 집 안을 돌아다녔나 싶도록 방들이 달라 보였다.

"담아, 내가 지금 정신이 없어서 그러는데, 부탁 하나만 들어줄래? 4층 첫 번째 복도에 ㅎㅈ이란 방이 있거든? 그 방 책상에다 청소 목록을 놓고 왔네. 그것 좀 가져다줄 수 있을까?"

"아……."

해나래의 부탁에 담이는 선뜻 대답을 하지 못하고 머뭇거렸다. 4층이라면 유독 낡고 어두운 기운이 감도는 곳이었다.

"왜? 아, 혼자 가기 좀 그래? 그럼 유주가 같이 다녀오면……."

해나래가 열심히 종이를 접고 있던 유주를 돌아봤다. 유주는 흘 끗 담이를 보더니 자리에서 일어났다. 같이 가 주려나 싶어 안심한 담이의 귀에 작은 목소리가 들려왔다.

"겁쟁이."

담이는 얼굴이 터질 듯 빨개졌다. 부끄러워서가 아니었다.

"괜찮아요. 혼자 다녀올게요!"

'쟨 나한테 왜 이러는 거야! 내가 뭘 그리 잘못했다고!'

어찌나 화가 났던지, 4층에 올라가 해나래가 말한 방을 찾을 때 까지도 담이는 무서운 줄 몰랐다. 방문을 보고서야 오싹해졌다. 빗 물이 샜는지 문 한쪽 귀퉁이가 까맣게 썩었고 문손잡이도 녹슬어 있었다.

담이는 숨을 크게 쉬고 문을 벌컥 열었다. 다른 방에 비해 꽤 넓 었다. 커튼이 조금 열려서 빛이 들어오고 있었지만, 그래서 더 음 침했다. 방 저쪽 책상 위에 종이 뭉치가 보였다. 담이는 달려가 종 이를 들었다. 그 순간 기묘한 소리가 들렸다. 담이는 얼어붙은 듯 그 자리에 멈춰 섰다.

"끼득, 끼득……."

온몸에 소름이 쫙 끼쳤다. 담이는 침을 꿀꺽 삼키고 소리가 나는 쪽으로 고개를 돌렸다.

시꺼멓고 커다란 것이 창문에 붙어 있었다.

"으악!"

아니, 목소리는 입 밖으로 나오지 않았을 것이다. 소리를 내려고 해도 목이 꽉 막혔다.

"여기서 뭐 하는 거냐?"

창밖의 그 괴물이 말을 걸지 않았다면 담이는 기절해 버렸을지도 모른다. 괴물이 아니라 사람이었다. 뺨을 덮은 덥수룩한 수염에 떡 벌어진 어깨를 한 남자가 줄을 잡고 창밖에 매달려 있었다.

담이는 뒤돌아 뛰었다. 어찌나 정신이 없었던지, 담이는 연구실 문턱에서 발을 헛디뎌 쾅 하고 넘어져 버렸다. 해나래가 담이에게 달려왔다.

"왜 그래? 무슨 일이야?"

"저기, 이상한 사람이…… 창밖에…….."

담이는 벌벌 떨며 말했다. 해나래가 미간을 찌푸린 채 혀를 찼다.

"서씨 할아버지를 봤나 봐. 아우, 창밖에서 고개 내미는 거, 그거 진짜 간 떨어진다고."

양 할머니가 가져다준 식혜를 마시고 겨우 마음을 진정시킨 담이에게, 해나래가 그 이상한 사람에 대해 말해 줬다.

"서씨 할아버지 본 적 없었니? 하긴 낮에는 옥탑방에 콕 박혀 계시니까. 주로 이른 새벽이나 밤에만 다니시거든. 여름 모임 전에 손볼 곳은 없는지 살펴보고 계셨나 봐. 정 교수님 계획에 따라 이 집을 설계하고 지은 분이야. 한때 유명한 건축가였다는데 이 집을 마지막으로 그쪽 일은 그만두셨대. 지금은 이 집을 보수하고 관리하며 지내셔. 사실 집의 진짜 관리인은 경호 씨가 아니라 서씨 할아버지시지."

서씨 할아버지는 창문을 닦는 사람처럼 벽에 줄을 드리우고 오르락내리락한다고 했다. 그러다가 창문으로 불쑥불쑥 들어오곤 해서 아까처럼 사람을 깜짝 놀라게 했다.

"가만, 건물 안으로는 어떻게 옥상까지 가더라? 서씨 할아버지가 길을 막아 놨을지도 몰라. 워낙 사람 만나기를 싫어하시니까…… 밥도 옥탑방에서 따로 해 드신대."

첫인상이 그랬으니 담이가 서씨 할아버지를 피하는 것은 당연한 일이었다. 땡볕 아래에서 정원의 나무를 묵묵히 손질하는 서씨 할아버지가 보이면 담이는 살금살금 발소리를 죽이고 집으로 들어갔다. 어차피 서씨 할아버지도 담이에게 먼저 아는 척하는 법이 없었다.

아직 담이는 모르는 일이 많았다. 자신이 얼마나 화제의 중심에 서 있는가 하는 것도 그중 하나였다.

사실 해나래는, 정 교수가 다시 글을 쓰기 시작했다는 걸 비밀로 하고 있었다. 하지만 여름 모임을 준비하면서 그 소문이 퍼져 나가, 사람들이 서서히 관심을 보이기 시작했다. 당장 집으로 찾아와 이야기도 읽고 담이도 만나겠다는 이들이 많았지만 해나래는 여름 모임이 시작되면 확인해 보라며 일일이 거절하고 있었다. 그러나 박 기자는, 그런 거절에 순순히 돌아설 인물이 아니었다.

박 기자는 해부하듯 날카로운 눈길로 담이를 훑어봤다.

"얘, 말 좀 해 보렴. 정 교수님이 어떻게 말씀하시던?"

박 기자가 담이에게 얼굴을 바짝 들이댔다. 해나래가 담이 앞으로 끼어들었다.

"박 기자님, 애 놀래요."

"좀 비켜 봐, 애한테 물어볼 게 많다고. 너, 무슨 영재라도 되니? 아니면 교수님 친척이거나."

"아유, 언니!"

해나래가 활짝 웃으며 박 기자의 팔짱을 꼈다. 박 기자는 인상을 쓰며 팔을 뿌리쳤다.

"언제부터 언니였다고?"

"언니 맞죠, 우리 이제 꽤 친해졌잖아요. 아니, 안 그래도 언니에게 물어보고 싶은 게 있었는데……."

해나래가 막아 주는 사이에 담이는 연구실로 도망쳤다. 서류를 정리하던 제학은 담이 쪽을 보지도 않고 말했다.

"끈질긴 사람이야. 너 보겠다고 몇 주 전부터 벼르던 걸 해나래 누나가 말리고 있었는데, 이젠 한계인가 봐."

곧 해나래도 땀을 닦으며 연구실로 돌아왔다.

"놀랐지? 박 기자님이라고, 교수님 옛날 제자였고 지금은 교수님 전기를 쓰려고 준비 중이래. 제학아, 학교 선배라며. 불쑥불쑥 찾아오지 좀 말라고 해."

"저랑은 안 친해요."

제학이 중얼거렸다.

"틈만 나면 비집고 들어와서 게시판이 정 교수님 유작이니 아니니, 미발표 원고가 있니 없니 따지고 있으니……. 기분 나빠요."

"그래도 박 기자처럼 정 교수님 작품을 꼼꼼히 읽은 사람도 없을걸. 거의 외우더라니까. 저 언니는 차라리 공부를 계속할 것이지."

해나래의 말이 끝나기가 무섭게, 연구실 문이 벌컥 열렸다. 박 기자였다.

"그 애 어디 있어? 아무래도 얘기 좀 해야겠어."

지쳐서 소파에 엎드려 있던 담이는 재빨리 소파 밑으로 내려가 몸을 숨겼다. 몸을 돌린 순간, 담이는 의외의 인물과 마주쳤다. 유주가 빈 책상 아래 웅크리고 있었다.

'쟨 왜 여기 있는 거야!'

담이는 어찌나 놀랐는지, 박 기자고 뭐고 그대로 일어날 뻔했다. 해나래가 모르는 척 하는 말이 들렸다.

"누구, 담이요? 글쎄요, 아까까진 여기 있었는데."

숨죽이고 있는 담이에게 유주가 손짓을 했다.

'그리로 오라고? 책상 밑으로?'

담이가 머뭇거리자 유주는 몸을 돌려 책상 밑 벽을 만지작거렸다. 엇, 벽이 안쪽으로 쑥 밀리더니 마술처럼 밝은 공간이 나타났다. 유주는 그 안으로 기어 들어갔다.

"아래층에 없던데? 이쪽으로 올라오지 않았어?"

담이를 찾는 목소리가 가까워졌다. 담이는 더 망설이지 않고 유주가 있던 책상 밑으로 기어갔다.

벽 안쪽은 새로운 방이었다. 천장이 다른 방보다 높아서, 좁은데도 답답하지 않았다. 열린 창문으로 풀 냄새와 나무 냄새가 바람에 실려 들어왔다. 한쪽 구석에서 졸고 있던 고양이 반디가 담이를 보고는 냉큼 책장 뒤로 숨었다. 유주는 판으로 입구를 도로 막았다.

"반디, 이리 와."

유주가 작은 목소리로 부르자 반디는 잔뜩 경계하며 유주의 뒤쪽에 웅크리고 앉았다.

"여기는 내 아지트야."

유주가 말했다. 자부심이 섞인 목소리였다.

방을 둘러보던 담이는 놀라운 사실을 깨달았다. 방금 들어온 구멍 주변까지 포함하여 사면에 모두 책장이 있었다. 그렇다, 그 방에는 문이 없었던 것이다. 그 구멍이 유일한 통로였다.

'완전 비밀의 방이잖아! 신기하다……. 근데 날 왜 도와준 거지?'

"나 그 아줌마 싫어."

딱 한마디였다. 유주는 책을 읽기 시작했고, 담이는 엉거주춤 자리에 앉았다. 밖에서는 아직 박 기자의 목소리가 들렸다.

'얘는 나도 싫어하겠지?'

담이는 흘끔흘끔 유주를 봤다. 오늘 유주는 하얀 세일러 칼라가 달린, 시원한 감의 청색 원피스를 입고 있었다.

'쟤는 치마만 입나 봐.'

담이는 여름이면 매일같이 입는, 주머니가 많이 달린 반바지를 만지작거렸다.

박 기자는 곧 쿵쾅쿵쾅 발소리를 내며 연구실을 나갔다. 벽 너머 아줌마의 낌새가 사라지자, 유주가 책을 탁 덮고 담이를 봤다.

"너, 이름이 뭐라고?"

명령하는 것 같은 말투라서 마음에 들지는 않았지만 여기로 들어오게 해 준 건 고마우니까, 담이는 순순히 대답했다.

"담이야, 서담."

"다미?"

"아니, 외자로 담."

유주는 고개를 갸웃하더니 툭 질문했다.

"너, 맏이야?"

"어?"

"맏이냐고. 동생 있어?"

"어…… 외동인데."

보통은 첫째냐고 묻지 않던가? 희한한 애다. 거기서 끝이 아니었다. 유주의 질문은 점점 이상해졌다.

"너 물건 살 때 덤 받아 본 적 있어? 조금 더 주는 거 말이야."

"글쎄……. 아, 엄마가 귤 살 때 보니까 덤이라고 더 주는 건 보긴 했는데……."

"그래. 그럼 마지막으로, 너 누가 너한테 묻는 거 좋아, 싫어?"

담이는 대답하지 않고 유주의 눈을 바라봤다.

"왜 이런 걸 물어보는데?"

"맞춰 봐."

유주는 팔짱을 끼고 담이를 봤다.

"내 이름은 유주야. 진유주. 내가 너한테 뭘 물어봤는지 잘 생각해 보고, 알겠으면 똑같이 나한테 물어봐. 세 가지. 그럼 인정해 주지."

"뭘 인정해?"

"네가 정 교수님의 말을 받아 적을 자격이 된다고 인정해 주겠다고."

네 인정 같은 건 필요 없다고 받아칠 수도 있었겠지만 담이는 엉겁결에 고개를 끄덕였다.

"쉽게 정리해 줄게. 맏이냐고 물어봤고, 덤 받아 봤냐고 했고, 묻는 거 좋냐고 했어. 됐지?"

유주는 턱을 괴고 담이를 빤히 봤다.

'그게 뭐야!'

5

◇◇◇◇◇◇◇◇◇◇◇◇◇◇◇◇

흩고 나누고
모았을 때

담이는 책상 앞에 앉아 종이를 들여다보았다. 거기엔 유주가 물은 세 가지 질문이 쓰여 있었다. '맏이냐', '덤 받아 봤냐', '묻는 거 좋아하냐.' 다시 봐도 얼토당토않은 질문이었다.

'맏이냐고는 물어볼 만해. 그런데 나머지 두 개는 뭐야? 그런 걸 누가 물어봐?'

집에 돌아오는 내내, 저녁을 먹는 동안에도 유주가 한 말이 머릿속을 맴돌았다. 거기에 정신이 팔려 담이는 엄마가 묻는 말을 놓쳐 버렸고, 왜 또 못 들은 척하느냐고 잔소리까지 들었다.

'이게 뭐야! 내가 왜 걔한테 인정을 받아야 해?'

괜히 분통이 터져서 담이는 침대에 누워 버렸다. 그 애는 괜히 장난을 친 거다. 이렇게 골머리 앓을 필요는 없어…… . 그때, 첫 글자가 눈에 들어왔다

맏. 덤. 묻…… .

'어? 어? 뭔가 비슷한데?'

퍼뜩 떠오른 생각에 담이는 도로 책상 앞에 앉아 연필을 들고 글

자를 흩어 썼다.

ㅁ ㅏ ㄷ

ㄷ ㅓ ㅁ

ㅁ ㅜ ㄷ

담이는 머리를 갸우뚱하며 그 밑에 자기 이름을 썼다.

ㄷ ㅏ ㅁ

풀었다! 담이는 등줄기에 소름이 다 돋았다.

'내 이름 가지고 장난친 거잖아!'

ㅁ과 ㄷ, 그리고 돌려도 말이 되는 ㅏ를 가지고 단어를 만든 것이었다. 담이는 종이를 들고 침대 위에서 펄쩍펄쩍 뛰었다.

"풀었다! 풀었어!"

"담이 뭐 하니? 뭘 풀어?"

엄마가 문을 열고 방 안으로 들어왔다. 담이는 재빨리 문제집 아래에 종이를 숨겼다.

"아니, 문제집 풀었어요."

"방학인데 공부하느라 힘들겠네."

엄마는 침대에 걸터앉았다. 언제나 그렇듯 엄마의 얼굴에는 피곤함만이 가득했다.

"거기 가는 거, 힘들지 않니? 안 해도 되니까……."

담이는 가슴이 꽉 막혔다. 엄마는 늘 힘들면 하지 말라고 한다. 그런 말이 도리어 힘을 빠지게 한다는 걸 모르는 걸까. 지금은 엄마가 빨리 방을 나가기만 바랐다.

"괜찮은데, 진짜."

"그래. 힘들면 말해."

엄마는 애매한 표정으로 고개를 끄덕이곤 방에서 나갔다. 담이는 문제집 밑에서 종이를 꺼냈다. 거기 쓰인 글자를 보자 마음은 순식간에 그 집으로 돌아갔다.

'자기한테도 질문을 해 보라고 했지? 그래, 만들어 보자.'

유주가 던진 질문이 어디서 비롯한 것인지 찾았으니, 이제 유주의 이름을 가지고 단어를 찾아 질문을 만들 차례였다. 담이는 유주의 이름을 풀어썼다.

ㅇ ㅠ ㅈ ㅜ

ㅇ과 ㅈ. ㅠ와 ㅜ는 ㅑ, ㅏ, ㅓ, ㅕ, ㅗ, ㅛ가 될 수도 있었다.

'잔뜩 만들 수 있겠는데!'

담이는 시간 가는 줄 모르고 유주의 이름을 흩고 모으며 단어를 찾았다.

다음 날 집에 갔을 때, 유주는 식당의 넓은 식탁에 앉아 책을 읽고 있었다. 양 할머니는 담이를 반가이 맞아들여 유주가 먹고 있는 것과 같은 토마토 주스를 한 잔 내줬다.

담이는 유주 건너편에 앉아 차고 새콤달콤한 주스를 마시면서 질문을 언제 할까 고민했다. 유주는 곁눈질도 안 하고 조용히 책만 보고 있었다.

"흠흠."

담이가 헛기침을 했다. 질문은 세 개가 아니라 일곱 개나 만들었다. 그런데 너무 낯간지러워서 묻기가 어려웠다. 담이는 눈을 딱 감고 첫 질문을 던졌다.

"너…… 요조숙녀가 되고 싶니?"

"훗…… 아니."

유주의 목소리에 웃음기가 섞였다. 담이는 눈을 떴다. 유주의 눈이 조금 웃고 있었다. 얘가 웃는 거 처음 본 것 같은데……. 담이는 얼굴이 달아올랐다. 아직 질문이 남아 있었다.

"유자차 좋아해?"

"어."

"자유롭고 싶어?"

유주는 바로 대답하지 않고 담이를 지그시 바라보더니 말했다.

"내가 좋아하는 단어야, 자유."

뿌듯한 기분에 담이는 어쩔 줄을 몰랐다. 수수께끼를 풀어낸 것이다.

두 아이는 식탁에서 머리를 맞대고 유주가 꺼낸 공책에 아는 사람의 이름을 써 가며 놀았다. 해나래는 해내라, 제학 오빠는 좋게……. 담이는 몇 번이나 웃음을 터뜨렸다. 이렇게 웃고 얘기하는 게 정말 오랜만이었다. 그 상대가 유주라니, 상상도 못 한 일이었다.

비단이가 날렵하게 식탁 위로 뛰어올라 오더니, 무얼 하느냐고 묻듯이 고개를 들이밀었다. 유주는 비단이의 머리를 쓰다듬으며 고양이의 이름을 자기가 지었다고 말했다.

"처음에 반디만 있었는데, 나중에 얘가 온 거거든. 그래서 비단이라고 지었어."

유주는 기대하는 눈빛으로 담이를 봤다. 담이가 그 눈빛의 의미를 깨닫기까지는 시간이 조금 걸렸다. 반디, 비단. ㅂ ㅏ ㄴ ㄷ ㅣ 를 흩어 놓았다가 다시 합치면…….

"반디를 가지고 만들었구나, 비단이란 이름!"

유주가 이렇게 환히 웃기도 하는 애였을 줄이야. 담이 마음이 몽글몽글해졌다. 유주는 공책에 이런저런 글자들을 쓰면서 말했다.

"나는 받침이 있는 이름이 좋아. 뿌리를 내린 느낌이라서. 내 이름은 흘러가는 것 같아서 싫어. 그거 하나만 맘에 들어, 뒤섞으면 자유가 된다는 거."

"내 이름은 별거 안 나오는데."

조금 부러움을 섞어서 담이가 말했다. 유주는 연필을 뱅글뱅글 돌렸다.

"너…… 정 교수님의 벽 이야기를 쓰고 있잖아."

유주는 이야기 몇 군데를 인용했다. 유주는 문장을 외울 정도로 그 이야기를 잘 알고 있었다.

"네가 벽 이야기를 쓰게 된 게, 네 이름 때문인가 했지."

"아…… 담이 벽이니까?"

담이는 새삼 자기 이름을 되뇌어 봤다. 놀림을 많이 받던 이름이었는데, 다르게 느껴졌다.

담이와 유주는 순식간에 가까워졌다. 유주의 예민함과 담이의 소심함은 서로를 찌르기보다는 퍼즐처럼 잘 맞아떨어졌다. 그리고 유주는…… 뭔가 달랐다. 친해졌다고 꼭 같이 다녀야 하는 것도 아니었고, 계속 이야깃거리를 찾아야 하는 것도 아니었다. 같은 장소에서 각자 말 한마디 없이 책을 봐도 괜찮았다.

유주는 그 집의 전문가였다. 각 방의 문패를 쭉 정리한 공책도 가지고 있었는데, 그 공책에 따르면 문의 개수는 모두 77개였다.

"문패가 있는 문은 55개이고, 없는 문이 22개. 문패 없는 문은 열리지도 않아. 그게 다가 아니야. 문이 없는, 그러니까 아지트 같은 공간도 분명 있을 테니까."

"어떻게 그 방을 찾았어?"

담이의 질문에 유주는 식탁 의자에서 졸고 있는 고양이 반디를 가리켰다. 반디는 유독 유주를 좋아해서, 유주만 졸졸 따라다니는 듯했다.

"얘가 연구실 책상 밑으로 들어가는 걸 봤어. 벽에 틈이 나 있더라고. 완전 먼지 구덩이였는데 내가 다 치운 거야. 집엔 이런 방이 분명 또 있을걸. 통로를 가구로 가려 놓았거나, 문 위에 벽지를 발라 놓았을 수도 있고."

그런 방은 왜 존재하는 것일까? 모든 공간은 쓸모가 있어야 하는 거 아닌가? 담이는 그렇게 숨겨진 방들이 너무나 궁금했다. 찾아보고 싶고, 탐험하고 싶었다.

"서씨 할아버지는 다 아시겠다, 그치? 집을 설계하셨다던데. 물어보면……"

"진작 물어봤지. 들은 척도 안 하시더라."

"얘들아, 간식 먹겠니? 둘이 참 즐거워 보이는구나."

양 할머니는 쫄깃한 인절미에 꿀을 곁들여 가져다주었다. 그러곤 담이 옆자리에 앉았다.

'양 할머니도 다 아시지 않을까, 이 집에 오래 계셨으니…….'

담이 생각을 읽은 듯 유주가 말했다.

"우리 할머니도 비밀주의야. 물어봐도 안 가르쳐 주신다니깐."

유주가 약간 원망과 어리광을 섞어 말했다. 양 할머니 앞에선 유주도 보통 아이 같았다.

양 할머니는 그저 빙긋 웃을 뿐이었다. 굳이 비밀이어야 할 이유는 또 뭘까. 그러니 더욱 궁금해졌다.

"교수님은 도대체 왜 이렇게 방이 많은 집을 지으신 거예요?"

"예전에 여쭤 본 적이 있지. 교수님은 그래야 안심이 된다고 하셨어."

유주의 질문에 양 할머니가 대답했다. 그러고 보니 양 할머니도, 유주와 유원도 친척인 정 교수를 꼭 '교수님'이라고 불렀다. 존중한다는 의미일까. 조금 쓸쓸한 호칭이라고 담이는 생각했다.

"배에 격실이라는 방이 있다는 걸 아니? 칸막이 방이라고도 하지. 사고가 났을 때 물이 한꺼번에 차지 않도록 공간을 나눠 둔 거야, 안전장치처럼. 나는 이 집의 방들이 교수님에게는 격실과 같지 않을까 생각한단다."

아리송한 말이었다. 침몰할까 봐? 무너질까 봐? 무엇이 걱정돼서?

양 할머니는 아련한 표정으로 정 교수님과의 추억을 들려주었다. 나이 차가 많이 나는 사촌 언니를 양 할머니는 무척 좋아하며 따랐다고 한다.

"내가 너희만 했을 때, 교수님은 이미 어른이었어. 그때도 집이 가까워서 자주 놀러 갔지. 교수님은 늘상 책을 보고 계셨지만, 내가 가면 이런저런 이야기도 해 주셨단다. 결과 겹. 아이를 낳으면 그렇게 이름을 짓고 싶다고 하셨지. 교수님이 자식이 있었다면 그렇게 지으셨을 거야."

"내 이름이 결이었으면 좋았을 텐데. 내가 제일 좋아하는 단어란 말이에요."

유주가 말했다. 담이는 그 단어를 꼭꼭 기억해 뒀다. 유주가 제일 좋아하는 단어, 결.

'물결, 살결, 바람결……. 말결이라는 말도 있던가? 생각결은?'

그냥 단어 하나일 뿐인데 그걸 알게 된 것만으로도 담이는 유주와 한층 더 가까워진 기분이 들었다. 그게 신기했다. 얼어붙은 듯했던 유주와의 사이가 이렇게 따뜻하게 녹아내릴 줄은 정말 몰랐다.

그러나 유명한 격언이 있지 않던가. 언제나 경계해야 한다는 것. 불행은 언제 어떻게 닥쳐올지 모르는 거니까.

담이가 벽 이야기를 받아 적게 된 지 3주째 되던 날 밤이었다. 자다 깨 화장실에 가려고 나온 담이는 안방에서 흘러나오는 소리에 걸음을 멈추었다.

"당신은 너무 이기적이야."

엄마가 낮고 격양된 목소리로 아빠에게 말하고 있었다. 발이 마룻바닥에 딱 달라붙었다. 엿들을 생각은 없었지만, 말들이 먼저 담이에게 달려들었다.

"담이 저렇게 둘 거야? 중학교 때가 얼마나 중요한 시기인데!"

"담이는 별문제 없는 애야."

"당신 눈엔 그렇게 보이겠지! 제대로 보지도 않으니까!"

담이는 빠르게 뛰는 심장을 눌렀다. 잠시 후 목소리는 잦아들었지만 담이는 그 후로도 한참을 방문 앞에 앉아 있었다.

다음 날 아침, 엄마는 제대로 잠을 자지 못했는지 꺼칠한 얼굴로, 몇 주 동안 외할머니 집에 가 있을 거라고 말했다.

"엄마가 들어야 하는 강의가 있는데, 여기서 오가기엔 너무 멀어. 어쩔래, 너도 같이 갈래?"

담이가 뭐라고 말할 수 있을까? 담이의 말은 숨어 버렸다. 담이는 눈을 크게 뜨고 엄마를 바라봤다. 엄마는 실망스러운 표정을 짓다가 그것을 감추려는 듯 한숨을 쉬었다. 담이는 엄마가 어떤 생각을 하는지 알 수 있었다. 여전히 변한 게 없구나. 저렇게 또 아무 말도 못 하는구나…….

"그래. 너는 정 교수님 댁도 가야 하니까. 무슨 의미가 있는지는 모르겠지만."

'의미 없지 않아요, 정말 중요한 일을 하고 있다고요…….'

담이는 마음속으로 말을 하고 또 했지만 그건 입 밖으로 나오지 않았다.

집에 온 담이는 게시판에 붙어 있는 쪽지들을 멍하니 바라보았
다. 담이가 쓴 글자들과, 누군지 모를 사람들의 글자. 종이에 끼적
인 짧은 선들. 갑자기 눈물이 났다.

'나도 열심히 하고 있는데. 중요한 일인데…….'

누군가 뒤에서 헛기침을 했다. 유주였다. 유주는 괜히 왔다 갔다
하면서 혼잣말을 했다.

"날이 흐리네……. 비가 오려나."

담이는 유주의 발소리와 옷자락이 스치는 소리를 들을 수 있었
다. 눈물은 곧 말랐지만 담이는 그대로 게시판 앞에 서 있었다. 그
때, 따뜻한 손이 담이의 오른손을 살짝 쥐었다 놓았다. 아, 그 온기
란. 그 말 없는 위로란.

"……옥상에 가 볼래?"

유주가 조그맣게 물었다.

"할머니가 제학 오빠에게 심부름 시키셨는데, 우리도 같이 가 보
자. 거기 가면 공원이 다 내려다보여."

유주의 말이 끝나자마자, 제학이 아래층에서 외치는 소리가 들
렸다.

"유주야, 진짜 갈 거니? 담이 거기 있니?"

"가자."

유주가 담이의 손을 잡아끌었다. 담이는 못 이기는 척 그 손에

끌려 부엌으로 내려갔다.

부엌에는 양 할머니와 제학, 유원이 있었다. 유원은 유주를 보고 슬쩍 제학 뒤로 숨었다. 양 할머니는 과일이며 반찬통이 담긴 버들가지 바구니 하나와 종이봉투 몇 개를 식탁 위에 놓았다.

"모두 같이 갈 거니? 그럼 좀 더 부탁해도 될까? 요즘 서 선생이 통 제대로 드시는 것 같지가 않구나. 제학 군이 바구니를 들고 너희가 봉투 하나씩만 들어 줄래? 비가 올 것 같으니 서두르렴."

왜 비가 오기 전에 다녀와야 하는 걸까? 담이는 곧 답을 얻었다. 옥상까지 바깥벽에 붙은 철제 나선 계단을 타고 올라가야 했던 것이다. 담이는 한 팔에 봉투를 끼고 조심조심 계단을 올랐다. 벽에 붙은 나뭇가지 같은 철골은 가까이서 보니 녹슬어 더욱 붉었다.

"아우, 어지러워."

맨 앞에 선 제학이 비틀거렸다. 유원이 제학의 옷자락을 잡았다.

"형, 정신 차려요!"

철제 계단은 튼튼한 것 같았지만 사방이 뚫려 있고 디딤판에도 구멍이 송송 나 있어서 자꾸 다리가 떨렸다. 어처구니없는 실수로 굴러 떨어질 것 같은 기분이었다. 습기를 가득 머금은 뜨거운 바람이 얼굴에 스칠 때마다 가슴이 쿵쾅쿵쾅 뛰었다.

마침내 다다른 옥상은 담이의 짐작과는 달랐다. 서씨 할아버지의 공간이라고 해서 막연히 어두침침하고 낡았을 거라고 상상했는데, 작은 공원처럼 예뻤다. 옥탑방은 빨간 지붕까지 제대로 갖춘 자그마한 집이었고, 꽃밭이 곱게 가꾸어져 있었다. 심지어 그네까지 있었다. 옥탑방 문에는 자음 문패가 붙어 있는데, ㅂ과 ㅁ이었다. 비밀이라는 단어가 딱이었다.

유주는 철제 그네에 훌쩍 올라탔고, 유원은 자기 집이라도 되는 듯 자랑스레 담이에게 말했다.

"전망 좋지?"

이 도시에 이토록 시원한 풍경도 있었던가? 거침없이 펼쳐진 하늘과 붉고 파란 지붕들, 잿빛 빌딩들과 도시를 둘러싼 초록 산들……. 숲이 바로 앞이었다. 비가 올 것처럼 회색빛 구름이 들어찬 하늘은 더욱 넓고 웅장해 보였다.

"비단아! 너 여기 있었구나!"

유주가 그네에서 폴짝 내려가 옥탑방 쪽으로 달려갔다. 옥탑방 문 앞의 고양이 집에서 비단이가 꼬리를 흔들며 걸어 나왔다. 서씨 할아버지와 고양이라니, 정말 안 어울리는 조합이었다.

"무슨 소란이지?"

서씨 할아버지가 문간에 나와 찡그린 얼굴로 아이들을 보았다. 제학이 바구니를 내밀자 할아버지는 내키지 않는 듯 바구니를 받았다.

"여기 이것도 있어요."

유주와 유원도 봉투를 건넸고, 담이는 한 박자 늦게 서씨 할아버지에게 봉투를 내밀었다.

서씨 할아버지는 아무 말 없이 바구니와 봉투를 한 아름 들고 방으로 들어갔다. 흘낏 본 방 안에는 설계도 같은 종이와 흑백사진이 벽에 가득 붙어 있었다. 어쩐지 정 교수의 방과 비슷했다.

유주는 바로 내려갈 생각이 없는지 신나게 그네를 탔다. 유원은 담이에게 자꾸 뭔가 이야기를 해 주려고 했다.

"여름마다 저 공원 너머 강에서 불꽃놀이 하는 거 알아? 여기서 불꽃놀이 보면 끝내줄걸?"

'진짜 멋지겠다! 그렇지만 불꽃놀이는 밤에 하잖아. 밤에 여기 올 일이 없는걸.'

담이는 곧바로 떠오른 현실에 조금 우울해졌다.

"비가 오겠다, 진짜. 내려가야겠어."

제학이 말했다. 하늘은 갑자기 한층 더 어둑해졌다. 후덥지근한 공기가 점차 무거워졌다. 담이가 하늘을 올려다보는데, 미지근한 물 한 방울이 뺨에 톡 떨어졌다.

"비다!"

빗방울이 후드득 떨어지기 시작했다. 서씨 할아버지는 문을 열어 주지 않을 게 뻔했고, 옥상에는 비를 피할 만한 차양조차 없었다. 아이들은 우르르 계단으로 몰려갔다.

"천천히! 천천히!"

제학이 뒤에서 계속 소리쳤다.

"그러다 넘어지면 큰일 난다!"

마침내 집 안으로 돌아왔을 때는 모두 흠뻑 젖고 말았다.

유원은 제학과 함께 가고, 담이와 유주에게는 양 할머니가 갈아입을 옷을 줬다. 옷은 낡았지만 깨끗했다. 오랫동안 접혀 있었는지 접힌 자국이 뚜렷하고 좀약 냄새가 희미하게 났다.

"정 교수님이 젊었을 때 입던 옷이야. 워낙 몸집이 작은 분이라, 대충 맞겠다."

발목까지 오는 남색 주름치마에 연노랑 실크 블라우스를 입자 담이는 어른이 된 기분이었다. 양 할머니는 내친 김에 담이의 머리를 땋아 줬다. 양쪽 옆머리를 타고 땋아 내려 뒤에서 하나로 묶는 우아한 머리 모양이었다. 이렇게 얼굴이 드러나게 머리를 묶는 것은 오랜만이었다. 옷을 하나 덜 입은 것처럼 허전하고 창피하면서도 상쾌했다.

"예쁜데."

유주가 칭찬했다. 유주 역시 정 교수의 옷이라는, 회색 체크무늬 원피스를 입었다. 어깨가 둥글게 부풀어 있어서 조금 우스꽝스러웠지만 유주는 그 옷이 아주 마음에 드는 모양이었다.

"유주 너는 집에 가서 갈아입고 오라니까."

양 할머니가 말했지만 유주는 고개를 살래살래 저었다.

두 사람은 그 오래된 옷을 입고 부엌 식탁에 앉았다. 뒤이어 옷을 갈아입은 유원과 제학이 시끌벅적하게 들이닥쳤고, 모두 따뜻한 애플파이와 데운 우유를 먹고 마셨다. 할머니는 특별히 좋은 사기 접시에 간식을 차려 주었다.

'좋다.'

담이는 포근하게 행복했다. 완벽한 느낌이었다. 어젯밤부터 속에 쌓여 있던 차갑고 딱딱한 것들이 어느 틈에 녹아 없어진 것 같았다.

***

시끄러운 소리의 정체는 벌레의 날갯짓이었다. 멀리서 봤을 때는 검은 벽이었으나 가까이 와 보니 수백만, 아니 수천만 마리의 모기떼가 뭉쳐 웅웅 소리를 내고 있었다.

"저건 산모기야. 물리면 아주 따갑고 간지러울 거야. 이런 얇은 옷 정도야 사정없이 뚫어 버릴 텐데."

핑이 걱정스레 말했다.

람은 가방 안에서 원형의 금속 상자를 꺼냈다. 핀꽃 농장에서 엿새 동안 일하고 얻은 연고였다. 람은 온몸에 두껍게 연고를 발랐다. 손이 닿지 않는 등은 핑이 꼬물꼬물 움직이며 연고를 묻혀 주었다.

종이를 찢어 귓구멍을 막고 목도리로 쓰던 천으로는 얼굴을 온통 감쌌다. 람은 두 손 안에 핑을 담았다. 조금의 틈도 없도록 손가락을 단단히 맞물리고는, 모기의 벽 속으로 걸음을 디뎠다.

귀를 막았어도 시끄러운 소리에 머리가 어질어질했다. 온몸에 벌레들이 부딪쳐 왔다. 마치 강한 바람을 맞으며 걸어가는 것 같았다. 연고를 발랐어도, 천을 감았어도 산모기를 다 물리칠 수 없었다. 마침내 벽을 빠져나왔을 때는 팔이며 얼굴이 따끔거렸다.

"으아, 끔찍해!"

람의 손바닥 위에서 핑이 외쳤다. 람이 바른 연고 위로 죽은 모기들이 덕지덕지 붙어 있었던 것이다. 람은 모기를 떨어내려 했지만 끈적한 연고와 뒤섞일 뿐 쉽지 않았다.

그때 뚝, 빗방울이 떨어지기 시작했다. 람은 그 자리에 서서 따뜻한 빗방울들이 연고와 모기를 씻어 내도록 했다. 비는 모기에 물린 상처도 깨끗이 닦아 주었다.

마침내 비가 그치고 람이 돌아봤을 때, 모기의 벽마저 비에 씻겨 사라지고 없었다. 그렇다면 비가 올 때까지 그 벽 앞에서 기다리는 게 나았을까? 람은 지나간 일은 오래 생각하지 않았다. 그저 가방을 추스리고 핑을 챙겨 다시금 앞으로 걸어 나갔다.

***

'저 사람들은 뭐지?'

대문 근처에 사람이 서너 명 모여 있었다. 커다란 비디오카메라와 조명 같은 전문적인 촬영 도구들이 눈에 띄었다.

담이가 대문 앞에 다다르자 자기들끼리 이야기를 나누던 사람들이 일제히 담이 쪽을 바라봤다. 화살처럼 꽂히는 시선을 뒤로하고 초인종을 누르려던 참이었다.

"얘, 잠깐!"

카메라맨이 담이 코앞까지 카메라를 들이밀었고, 뿔테 안경을 쓴 남자가 다짜고짜 질문을 던졌다.

"요즘 정인후 교수의 말을 받아 적고 있는 아이가 너지? 정 교수님은 어떠신지 한마디 해 다오. 얘, 말 좀 하렴. 말 못 하니? 어?"

남자가 재촉했다. 담이는 혀가 입천장에 붙어 버린 듯 단 한마디도 입 밖에 낼 수 없었다. 뒷걸음쳐 대문에 바싹 붙어 선 담이를 구해 준 것은 제학이었다.

"뭐 하는 거예요! 당장 비켜요!"

제학이 씩씩대며 뭔가를 휘둘렀다. 카메라맨이 놀라 물러섰다.

"뭐야? 대파 아냐?"

"대파로 한번 맞아 보겠어요?

"아, 제학 군. 오랜만이네. 시장에 다녀오는 길인가 보군? 아주 반가운 소식이 들려서 찾아왔지. 정 교수님이 다시 작업을 시작하셨다면서? 그것도 어린애를 데리고. 아주 인상적이야. 추모 다큐에 꼭 넣을 만해."

뿔테 안경을 쓴 남자가 능글맞게 말을 건넸다.

제학은 그 말을 무시하고 열쇠로 대문을 열었다. 뿔테 안경의 목소리가 따라 들어왔다.

"그래, 이럴 줄 알았네. 하지만 어차피 곧 보게 될 거야. 정 교수님 유언은 내가 잘 취재해 주지. 그때까지 잘 있게. 꼬마야, 너도 잘 있어라."

쾅! 제학은 세차게 문을 닫고는 씩씩거렸다.

"어우, 재수 없어! 추모? 유언? 멀쩡하게 살아 계신 분한테 무슨 소리야!"

담이는 제학이 저렇게 큰 소리로 감정을 드러내는 것을 처음 보았다. 그래 봤자 해나래의 평소 목소리 정도였지만. 제학은 가슴을 치며 말했다.

"안 되겠다. 기분도 안 좋은데 배드민턴이나 치자."

"더워 죽겠는데 무슨 배드민턴을……."

담이는 꼼짝없이 배드민턴 라켓을 잡아야 했다. 이러려고 일찍 온 게 아닌데. 아지트 들어가서 유주랑 놀려고 했는데!

등이 땀으로 축축해질 때쯤 해나래가 서류를 한 무더기 안고 마당으로 나왔다.

"집 안에서만 하려니까 아주 죽겠어. 더워도 밖이 낫다. 아니, 제학아, 얼굴이 왜 그래? 무슨 일 있었어?"

"또 왔었어요, 김 감독이요. 파가 아니라 소금이 있었으면 확 뿌려 줬을 텐데."

김 감독은 다큐 영화를 찍겠다며 정 교수 주위를 맴돌고 있는 영화감독이었다. 다큐를 만들겠다는 것은 허울 좋은 명분이고, 실상은 꼬투리를 잡을 만한 거리를 찾아다녔다. 정 교수가 치매에 걸렸다는 소문도 그 사람 입에서 나온 말이었다.

"차라리 박 기자님이 나아요. 김 감독은 진짜, 어떻게든 정 교수님을 끌어내리려 한다고요. 추모에 유언에, 돌아가신 분인 것처럼 막 이야기하고."

"나 같으면 창피해서라도 얼굴을 못 들이밀 텐데 말이야."

해나래가 혀를 차며 말했다.

김 감독은 이 집과는 악연이 깊었다. 한때는 여름 모임에 초대받을 정도로 정 교수와 가까웠지만, 여름 모임에서 정 교수의 험담을 하다 들통 나서 창피를 당한 후 원수 같은 사이가 되었다.

"그건 정확한 진실이 아니야."

현관 쪽에서 박 기자가 불쑥 나타났다. 제학이 몸서리쳤다.

"아이고 깜짝이야, 언제 온 거예요!"

"아까부터 있었는데. 양 할머니와 얘기 좀 하느라."

박 기자는 태연하게 말하고 유리잔에 든 아이스커피를 홀짝였다.

"김 감독이 정 교수님에게 걸린 건 아니었어. 문 닫은 방에서 자기들끼리 한 얘기를 정 교수님이 알아 버린 거야. 누가 정 교수님에게 일렀나, 그걸 가지고 난리가 났지. 김 감독이 지목당했고. 결국 양쪽에서 모두 버림받은 셈이야. 정 교수님에게선 신망을 잃고, 자기 무리에서도 배척당하고."

"어쨌든 뒷말을 한 건 사실이잖아요. 부끄럽지도 않나. 여기 얼굴을 들이밀다니."

제학은 화가 풀리지 않은 얼굴로 말했다.

"글쎄, 언론인으로서 육감이 번뜩인 거겠지. 이번 모임이 마지막이 될 거라고, 다들 짐작하고 있지 않아? 정말로 유언을 발표하실지도 모르지. 참고로 말하면 난 이번 여름 모임에 초대받았어. 내가 알기론 김 감독도 초대받았을걸?"

박 기자의 말에 제학은 허둥지둥 명단을 확인하더니 어깨를 축 늘어뜨렸다.

"진짜 무슨 생각이신 걸까······."

"이번 여름 모임에서 뭔가를 하실 계획인 건 틀림없어. 지금까지 발표하지 않았던 원고를 보여 주실 수도 있지."

박 기자가 생각에 잠겨 말하자 해나래가 웃음을 터뜨렸다.

"아직까지도 그 소리 하시는 거예요? 언니도 참 순수하다니까. 아니, 저 언니가 어릴 때 읽은 《램프의 왕국》 때문에 아직도 그 후편을 기다리고 있다잖아."

"꼭 그것 때문만은 아냐. 미발표 원고가 하나도 없다는 게 말이 돼? 정 교수님이 칩거하신 동안에 쓰신 친필 원고와 메모들이 이 집 어딘가에 분명 있을 거라고. 그리고 왜 자꾸 언니래?"

박 기자가 인상을 썼지만 해나래는 웃는 얼굴로 말을 이었다.

"하긴, 언니 같은 사람들에겐 그런 게 보물이겠네요. 그런 소문 있잖아요, 이 집 어딘가에 문이 없는 숨겨진 방이 있고 거기 보물이 가득 차 있다던가 하는 거. 그 보물이 교수님의 미발표 원고일 수도 있겠지요. 보석이나 금괴를 기대하는 사람은 실망하겠지만."

담이는 고개를 돌려 수수께끼로 가득한 그 집을 바라봤다. 숨겨진 방이 보물을 보관하기 위해서라면, 그거야말로 진짜 그럴듯한 이유였다.

그때 쾅 소리와 함께 대문이 열렸다.

"그게 진짜예요?"

관리인 아저씨가 씩씩대며 계단을 뛰어올라 왔다. 둥글고 하얀 얼굴은 이미 땀범벅이었다.

"사람들을 부른다면서요! 아니, 오늘내일하는 노인이 하는 말을 곧이듣고 일을 벌이면 어떻게 해요?"

제학은 입을 꾹 다물고 시선을 돌렸다. 해나래의 얼굴에 장난기가 어렸다.

"아, 경호 씨. 어디서 들었어? 아주 대단한 여름이 될 거야. 와, 한 백 명 오려나?"

관리인 아저씨는 입을 떡 벌렸다.

"백 명? 이 낡은 집에? 그건 정말 말도 안 돼요! 집이 무너지면 그 책임은 누가 집니까? 어?"

"서씨 할아버지가 점검해 주셨어. 큰 문제는 없을 거래. 백 명은 농담이고, 서른 명도 안 돼."

"그 사람이 뭘 알겠어요? 제정신도 아닌데."

관리인 아저씨가 퉁명스럽게 대꾸했다. 제학이 중얼거렸다.

"그러게요, 나중에 이 집을 허물려고 하면 서씨 할아버지가 어떻게 할까요? 옥상에서 절대 안 내려오겠죠. 나도 같이 부숴라, 이러면서."

"집을 왜 부숴요?"

담이가 놀라 물었다. 박 기자가 빙글빙글 웃으며 말했다.

"이 집 자리에 그럴듯한 아파트라도 짓고 싶은 거겠지. 여기 시세가 만만치 않거든. 공원 옆이라 전망도 좋을 거고."

"내가 그렇게 내버려 둘 것 같아?"

가늘고 날카로운 목소리가 들렸다. 노란 반팔 원피스를 입은 유주가 현관 앞에 서 있었다. 유주의 삼촌이기도 한 관리인은 잔소리를 시작했다.

"진유주, 너 이 집에 드나들지 말랬지. 집에 가서 공부나 해라."

유주는 말 대신 표정으로 자기 의사를 드러냈다. 한여름 공기라도 얼려 버릴 것 같은 싸늘한 표정이었다.

"어쩌겠어, 정 교수님 알잖아. 제일 힘든 건 우리라고."

해나래가 어울리지 않게 울상을 짓자 관리인은 멈칫했다.

"뭐, 교수님 변덕에 금방 또 취소하실지도 모르지. 너무 걱정하지 말고, 응?"

해나래가 살살 달래듯 말했다. 관리인 아저씨는 한풀 꺾인 모습으로, 그래도 쉽게 넘어갈 수는 없다는 듯이 말했다.

"절대 안 돼요, 알았죠? 대문을 막아 놓는 한이 있더라도 못 하게 할 거예요. 내가 그냥……."

더는 할 말이 생각나지 않는지 관리인 아저씨는 쿵쿵거리며 집 안으로 들어갔다. 해나래는 긴 한숨을 내쉬었다.

"갑자기 현실이 확 느껴지네. 여름 모임 같은 거, 다른 사람 눈에는 다 헛짓거리 같겠지. 게시판도, 그 이야기도 말이야."

"절대 그렇지 않아."

"절대 안 그래요."

제학과 박 기자가 동시에 말했다. 그러곤 서로 눈도 마주치지 않고 고개를 돌렸다.

6

◇◇◇◇◇◇◇◇◇◇◇◇◇◇◇◇◇◇

여름 모임

그 와중에도 여름 모임 준비는 착착 이루어졌다. 손님을 맞을 방은 먼지 한 점 없이 깨끗했고 창고에 들어가 있던 어마어마한 양의 식기도 부엌에 자리 잡았다. 그리고 정 교수는 부지런히 이야기를 이어 갔다. 어렵고 쉬운 벽들을 넘어가며 람은 조금씩 도시에 가까워졌다.

여름 모임에 참여할 이들의 명단도 우여곡절 끝에 확정됐다. 대부분은 정 교수 또래였으며 예전 여름 모임에 참여한 경험이 있는 노장들이었다. 김 감독과 박 기자가 정 교수에게 선택받은 것은 꽤 의외였다.

그리고 전혀 예상하지 못한 초대가 또 있었다.

"담아, 해나래 씨가 찾던데. 연구실에 있단다."

빨랫바구니를 들고 걸어 나온 양 할머니가 담이를 불렀다. 유주와 모과나무 그늘에 앉아 놀던 담이는 바지를 털며 일어났다.

"무슨 일이지?"

"그건가 보다."

유주는 의미심장하게 말하고는, 빨래 너는 걸 돕겠다며 갔다.

해나래는 서류를 이리저리 훑어보느라 정신이 없었다. 담이가 가까이 다가가서야 고개를 들었다.

"아, 담아. 막판이 되니까 진짜 정신이 없네. 방 배치하는 게 제일 문제야. 다들 자기가 묵었던 방에 또 묵고 싶어 하거든. 근데 그게 막 겹친단 말이지……. 사람들이 오면 어떨지 정말 상상이 안돼. 더 정신없겠지. 그래서 말인데……."

그동안에는 오지 말라는 이야기인가? 나도 여름 모임을 보고 싶은데! 담이는 풀이 죽었다. 해나래는 그런 담이를 보고 빙긋 웃더니 물었다.

"여름 모임 동안에 담이도 이 집에서 지낼래? 그래도 빈방은 있으니깐 말이야."

"여기서요? 잠도 자고요?"

"유주와 유원이도 그러기로 했거든. 어쩌면 마지막 여름 모임이 될 수도 있으니까, 경험해 보면 좋을 것 같아서. 대신 유주와 한 방을 써야 해. 유주는 좋다고 했어. 집에 가서 말씀드려 봐."

집에 돌아온 담이는 시계 분침을 세어 가며 아빠를 기다렸다. 그집에서 잘 수 있다니! 밤의 집은 어떨까? 유주와 밤늦게까지 놀 수 있다!

아빠가 오자마자 담이는 손가락 끝을 손톱으로 눌러 가며 해나래의 말을 전했다. 아빠는 지친 얼굴로 소파에 기대어 앉아 담이

얘기를 듣는 둥 마는 둥 했다.

"아빠, 그래도 돼요?"

아빠는 딴생각에 푹 빠져서 무심코 대꾸했다.

"그래. 그러렴."

"정말요? 거기서 자도 돼요?"

"그래. 네 맘대로…… 뭐라고? 자고 온다고?"

역시나 싶어 담이는 실망했다. 하지만 이번만큼은 담이의 판단
이 틀렸다. 아빠는 선뜻 말했다.

"그래라. 방학에 어디로 여행도 못 가는데, 그거라도 하면 좋지."

엄마가 있었다면 허락받지 못했을 것이다. 때마침 엄마가 외할
머니네 가 있으니 가능한 일이었다.

담이는 가방을 챙기며 너무 좋아서 웃음을 멈출 수 없었다. 조별
발표에 연극에, 뭘 할 생각에 가슴이 꽉 막히기만 했던 학교 캠프
를 갈 때와는 완전히 다른 기분이었다.

담이의 흥분은 유주와 함께 머물 방에 들어갔을 때 최고조에 달
했다. 침대, 커튼, 나무 책상 위 황금색 등…… 완벽했다. 바로 옆방
이 해나래 방이었고 그 옆은 제학의 방이었다.

담이는 가방을 바닥 위에 던져 두고 좁은 방을 이리저리 오가며
어쩔 줄 몰라 했다.

"진짜 좋다!"

"뭐가 그렇게 좋다고?"

유주는 짐짓 아무렇지 않은 척했지만 얼굴이 발그레한 게, 평소

보다 체온이 몇 도 올라간 느낌이었다. 유주도 이 집에서 자는 건 처음이라고 했다.

"잠깐, 이 방 이름이 뭐였지?"

담이는 달려 나가 팻말을 확인했다.

"ㄴ ㄹ이야. 그럼, 노래."

"나라."

"노랑?"

둘은 한 단어씩 주고받다가 동시에 깔깔 웃음을 터뜨렸다. 아, 이름까지 딱 마음에 들었다.

드디어 여름 모임이 시작되는 날이 밝았다. 아침 해가 뜨자마자 커다란 여행 가방을 든 사람들이 골목을 따라 줄지어 걸어왔다. 골목 입구에 차가 하도 많이 몰려 뒤엉키는 바람에 교통경찰이 출동했고 방송국 카메라까지 등장해 이런저런 각도로 집과 사람들을 찍었다.

해나래와 제학은 대문 앞에 책상을 놓고서 손님을 맞이해 묵을 방을 알려 줬다.

"아, 오랜만이로군. 이 집이 너무나 그리웠다네. 정 교수는 어디 있지?"

허리가 구부정한 할아버지, 할머니들이 눈물을 흘릴 듯 감격하며 집 안으로 걸어 들어왔다. 박 기자는 이미 새벽같이 들어와서 집안사람처럼 양 할머니를 돕고 있었고, 김 감독도 당당하게 대문을 넘어왔다. 해나래는 집 안에서의 촬영은 절대 금지라며 김 감독에게 당부했지만, 김 감독은 제대로 듣는 것 같지 않았다. 먹음직스러운 먹이를 눈앞에 둔 맹수처럼 입맛을 다셨을 뿐.

어느 층엘 가도 사람이 있어서 서로 이야기하거나, 무엇을 먹거나, 책을 읽었다. 마치 잠자고 있던 방들이, 집이 깨어난 것 같았다.

"유주야, 담아, 이것 좀 3층에 가져다 놓을래?"

양 할머니는 손님 대접을 하느라 정신이 없었다. 근처 가게 주인들이 끊임없이 들락거리며 채소와 고기, 달걀과 과일, 우유와 찻잎을 부엌에 딸린 저장고에 채워 놓았다.

"이제야 사람 사는 집 같구나! 한창 때만은 못하지만 말이야."

양 할머니는 이러고 나면 근육통이 도질 거라고 투덜거리면서도 기쁜 기색이었다.

그날 오후, 담이는 방으로 향했다가 당황하고 말았다. 거실은 사람으로 꽉 차 있었다. 의자는 이미 동이 났고, 미처 앉을 자리를 차지하지 못한 사람은 베란다나 책장 근처에서 서성였다. 담이가 나타나자 물을 끼얹은 듯 거실이 조용해졌다.

'숨을 못 쉬겠어.'

담이는 물속을 헤엄치는 기분으로 사람들 사이를 겨우 지나갔다. 시선이 담이의 어깨와 머리를 꾹꾹 누르는 것 같았다.

담이가 문안으로 들어설 때까지도 침묵은 계속됐다. 담이는 문을 닫으며 사람들이 참았던 숨과 함께 말을 토해 내는 것을 조금 들을 수 있었다.

"저 꼬마야, 믿을 수가 없군!"

***

벽 안의 물이 출렁거리며 물속 풍경을 크게, 또는 작게 왜곡시켰다. 람은 벽의 폭을 짐작할 수 없었다. 어느 순간에는 유리처럼 얇아 보였고, 또 어느 순간에는 바다처럼 깊고 멀어 보이기도 했다.

벽 안에는 푸른빛 피부에 청록색 머리카락을 지닌 사람들이 살고 있었다. 두 눈은 물고기 눈처럼 둥글었고 눈꺼풀도 없었다. 그 눈에 홀리면 자기도 모르게 물의 벽 안으로 걸어 들어가 숨 막혀 죽게 될지도 몰랐다.

"여길 어떻게 지나가지? 쉽게 길을 내주지 않을 것 같아."

람은 그 벽을 한참 바라보다가, 한 가지 사실을 깨달았다. 그 물벽 안에는 사람과 물풀밖에 없었다. 물고기나 조개 같은 생명체는 없었던 것이다.

람은 가방에서 물통을 꺼냈다. 그 안에는 호수를 지날 때 얻은 주황빛 금붕어 두 마리가 들어 있었다.

"이걸 어디서 쓰나 했더니……. 이 금붕어가 열쇠가 되어 주지 않을까?"

람이 물통을 내밀자, 물벽 안의 사람들이 모두 그 앞으로 몰려왔다. 그들은 놀라워하고 수군대며 반가워했다.

"어떻게 주면 되지?"

람은 쭈뼛거리다가 물통을 벽에 대었다. 그러자 놀랍게도 물벽에서 손이 쑥 나와서 금붕어만 빼내어 가져갔다. 금붕어는 자유로이 물벽 안을 헤엄쳐 다녔고, 물사람들은 기뻐하며 금붕어를 쫓아다녔다.

"저희 좀 지나가게 해 주세요!"

람이 외쳤다. 물벽 안의 사람들은 알아들었다는 듯 고개를 끄덕였다. 그들 중 두 사람이 둥글게 몸을 돌리며 헤엄을 치자, 그 자리의 물벽이 점점 얇아지더니 구멍이 났다. 구멍은 람이 지나갈 수 있을 정도로 충분히 넓었다.

기뻐하며 구멍을 지날 때, 뭔가 차가운 것이 람의 머리에 툭 떨어졌다.

"아, 차가워! 이게 뭐지?"

람은 머리를 만졌다. 차갑고 몽글몽글한 것이 손에 잡혔다. 주먹만 한, 물이 꽉 찬 물풍선 같은 열쇠였다. 물벽 안에서 사람들이 웃으며 인사했다. 람은 그 물 열쇠를 빈 물통에 넣고 앞으로 나아갔다.

***

정 교수는 여름 모임에 모인 사람들에 대해 말하지도, 묻지도 않았다. 녹음해 둔 이야기를 재생하듯 이야기 한 편을 읊을 뿐이었다. 담이는 그 모습이 평소와 얼마나 다른지 눈치채지 못했다. 앞으로 닥칠 일을 상상하고 마음의 준비를 하는 것만으로도 벅차서였다.

담이는 종이를 들고 방문 앞에 서서 심호흡을 했다. 담이가 정 교수의 말을 가지고 나오기만을 기다리는 사람들이 문밖에 있었다.

삐걱, 문이 열린 순간 거실을 채우고 있던 소리들이 싹 사라졌다. 담이는 고개를 푹 숙이고 게시판으로 걸어갔다.

담이가 쪽지를 붙이자 사람들이 몰려들었고, 담이는 사람에 밀려 게시판 옆 벽에 붙어 섰다. 사람들은 안경을 치켜올리고 수염을 어루만지고 고개를 갸웃거리며, 보이지 않는다고 투덜대고 비키라고 요구하며 그 이야기를 읽었다.

긴 침묵 뒤에, 웅성거림이 거실을 채웠다.

"이게 정말 다야? 이 동화 같은 게? 어이없군. 마지막 작품이라고 그렇게 법석을 떨더니, 정 교수도 늙긴 늙었군."

부엉이처럼 두꺼운 안경을 쓴 할아버지가 담이를 탓하듯 쳐다보았다.

담이는 귀를 의심했다. 당연히 사람들이 정 교수의 글에 감탄할 줄 알았다. 감탄이 아니라 의심, 놀라움이 아니라 비웃음이 나올 줄은 꿈에도 몰랐다.

"내 눈엔 자기의 쇠락을 인정하지 못하고 대중의 관심을 유지하려 아등바등하는, 불쌍한 늙은이의 수작처럼 보이는군."

부엉이 할아버지가 담뱃갑을 꺼내자 해나래가 조심스레 다가섰다.

"이 집에서는 금연입니다, 조 교수님. 기억하시지요?"

"거참, 내가 살날이 얼마나 남았다고 마음대로 담배도 못 피운단 말인가? 정 교수야 자기 방에 틀어박혀 나올 생각도 않는데 뭘 알겠나, 안 그래?"

정 교수는 그 말대로 손님을 맞이하러 나오지도 않았고 인사하겠다는 청도 다 거절했다. 부엉이 할아버지는 투덜거리면서도 담뱃갑을 도로 품 안에 집어넣었다.

흰 눈썹이 눈을 덮도록 길게 자란 할아버지가 허허 웃으며 말했다.

"아서요, 조 선생. 저 정도는 양반이에요. 적어도 앞뒤가 있는 이야기 아닙니까? 예전에 정 교수가 얼마나 괴팍스러웠는지 잊으셨나 봅니다. 무슨 뜻도 맞지 않는 글 몇 줄을 가지고 토론을 하라느니, 발표를 하라느니, 참 요구가 많기도 했죠."

"그래 놓고 자긴 한 번도 참여하지 않았지."

담배 대신 사탕을 입에 넣고 우물거리며, 부엉이 할아버지가 말했다.

"아마 본인이 있으면 사람들이 하고 싶은 말을 제대로 못 할까 봐 그러신 게 아닐까요?"

박 기자가 말했다. 손에 소형 마이크까지 들고 있었다. 부엉이 할아버지는 헛 하고 입을 삐죽였다.

"정 교수가 그리 배려심이 있는 사람은 아니었지. 무시한 거라고, 사람들이 자기에 대해 뭐라고 하는지도 모르고! 아, 그런 소리 듣는 게 두려워서 꽁꽁 숨은 걸지도 모르겠군."

부엉이 할아버지는 심술궂게 말하고는 기침이 섞인 웃음을 터뜨렸다. 몇몇 노인들이 동의하듯 따라 웃었다.

정 교수는 아무래도 모두의 친구는 아닌 모양이었다. 그들만의 잘못은 아니었다. 정 교수는 곁을 내주는 법이 없었다.

그때 김 감독이 불쑥 대화에 끼어들었다.

"어쨌든 저 이야기가 끝나면 게시판을 정리해도 되는 것이겠지요? 어떻게들 생각하십니까. 이번 모임에서 정 교수님이 저 이야기를 끝낼까요?"

흰 눈썹 할아버지가 어깨를 으쓱 올렸다.

"굳이 그럴 거 뭐 있나요. 이제 와서 저걸 정리한다고 누가 관심이나 보일는지요?"

"보자 보자 하니 너무하십니다. 여기 와서까지 그렇게 집주인을 깎아내리고 싶으십니까?"

눈 밑에 검버섯이 곰팡이처럼 핀 할머니가 못마땅하다는 듯 목청을 높였다. 흰 눈썹 할아버지는 웅얼대며 의자 깊숙이 몸을 묻었다.

"하…… 저런 게 마지막 작품이라니. 유언이나 할 것이지. 그건 그렇고, 거기 너 좀 보자."

부엉이 할아버지가 안경을 치켜올리며 담이 쪽으로 돌아앉았다. 대화를 듣느라 넋을 놓고 있던 담이는 움찔 몸을 떨었다. 사방에서 질문이 쏟아졌다.

"왜 너한테 글을 쓰라고 하신 거지?"

"언제까지 얘기를 하신다더냐? 언제 끝이 나지?"

"너 몇 살이냐? 어느 학교 다니는데? 아버지는 뭐 하시고?"

"어허, 내가 먼저 물었잖소! 좀 기다렸다 나중에 묻던지!"

이런 상황에서는 담이가 아니라 그 누구라도 제대로 답을 못 했을 것이다. 예상치 못하게, 제학이 끼어들었다.

"열네 살이고, 여기 견학 왔다가 이 일을 하게 된 거고, 정 교수님이 이야기를 끝내실 때까지 계속할 거예요. 더는 묻지 마세요. 정 교수님 뜻이에요."

"허! 물어보는 건 우리 자유지! 말도 못 하게 하나?"

불만에 찬 목소리들이 쏟아졌다. 제학이 담이의 옷소매를 잡고 끌어당겼다.

"빨리, 가라고."

작게 속삭이는 소리를 듣고서야 담이는 허둥지둥 그 자리를 벗어났다.

그날 저녁에 양 할머니는 특별히 마당에 상을 차렸다. 이 또한 여름 모임에서 늘 하던 일이라고 했다. 해나래와 제학은 창고에 있던 먼지 쌓인 탁자들을 닦아 펴 놓았고, 반찬과 밥을 차렸다. 한쪽에서는 숯불에 석쇠를 놓고 고기도 구웠다.

"10년 전에는 나도 마음껏 고기를 씹을 수 있었는데 말이야. 세월이 많이 흐르긴 흘렀어."

노인 한 사람이 입맛을 다시며 말했다.

"그 이름이 뭐더라, 서씨던가? 아직도 저 위에 사나? 고기 냄새가 이렇게 나니 내려올지도 모르겠군."

부엉이 할아버지의 말에 노인들이 웃음을 터뜨렸다. 그다지 호의적인 웃음은 아니었다. 예전부터 서씨 할아버지는 이 학자 무리에 대한 존경심 같은 것은 전혀 없었고, 이들이 집의 규칙을 제대로 지키는지만 깐깐하게 따져 왔다. 그래서일까, 여름 모임이 시작되자 서씨 할아버지는 숨어 버린 듯 아예 모습을 드러내지 않고 있었다.

식사가 끝날 때쯤 아빠가 왔다. 퇴근하고 들르겠다는 연락을 미리 받은 터라 이제나저제나 하고 기다리던 참이었다. 아빠는 뭘 먹었다며 극구 사양했지만 양 할머니의 권유에 탁자 앞에 앉았다. 제학이 남은 고기를 구워 대접했다.

"아이고, 고맙습니다."

아빠는 쩔쩔매며 접시를 받아 들었다.

이미 해가 졌지만 등을 밝혀 놓아 어둡지 않았다. 식사를 마치고도 자리에 남은 사람들은 한참 유쾌하게 대화를 나누었다. 모기도 그 대화를 방해하지 못했다.

"맛있구나. 내가 해 주는 것보다 훨씬 낫네. 여기 보내길 잘 했다."

아빠가 말했다.

담이는 아빠에게 물을까 말까 망설였다.

'아빠, 엄마한테 저 여기 있다고 얘기했어요?'

아까 낮에 엄마와 통화할 때 담이는 이 집에 와 있다는 말은 안 했다. 어쩐지 엄마가 모르는 것 같아서였다. 알았다면 어떠냐고 꼬치꼬치 물었을 것이다. 아니, 처음부터 허락도 하지 않았을 것이다. 담이는 질문을 꿀꺽 삼켰다. 지금 이 순간을 망치고 싶지 않았다.

"머리 그렇게 묶으니까 시원해 보이고 좋구나."

아빠의 말을 듣고서야 담이는 이 집에 머문 이후로 계속 머리를 묶고 있다는 걸 깨달았다. 담이는 괜히 쑥스러워져서 묶은 머리카락 끝을 만지작거렸다.

아빠는 만족한 얼굴로 돌아갔다. 양 할머니는 아빠를 배웅하면서 담이 걱정은 말라고 몇 번이나 말했다.

"이 집엔 뭔가 있어. 예전에도 그랬다고."

검버섯 할머니가 쉰 목소리로 말했다. 사람들이 꼭두새벽부터 해나래의 방을 찾아와 문을 두드리는 통에, 옆방의 담이와 유주까지 깨어나 복도로 나왔다. 아침잠 없는 노인들은 하루 일과를 벌써 시작했는데, 그건 해나래와 제학을 찾아와 불평불만을 말하는 일이었다.

밤새 바스락거리는 소리나 누가 벽에서 속삭이는 것 같은 소리를 들은 사람이 하나둘이 아니었다. 벽에 걸린 액자가 툭 떨어지기도 했다는 말에 누군가 말했다.

"집이 무너지고 있는 건 아닐까요? 이 집이 언제 지어졌죠? 30년 전?"

"어젯밤엔 퍼뜩 그런 생각이 들더라니까, 정 교수가 우릴 저승길 길동무로 삼으려고 불렀나 하고."

검버섯 할머니는 목소리를 한층 더 낮췄다.

"무슨 그런 소름 끼치는 소릴!"

"아니, 그 양반 속을 누가 알겠어. 불이라도 나면 다 같이 저세상 가는 거지. 이 집엔 비상구도 없다고. 저 안쪽 방에 있는 사람들이 밖으로 빠져나올 수 있겠어?"

방이 복도 안쪽인 사람들은 대번에 얼굴이 굳었다.

"이봐, 해나래 씨, 여기 담배와 라이터 좀 다 압수하게. 아무리 금연이래도 꼭 말 안 듣는 인간들이 있을 거라고. 미리미리 조심해야지, 어?"

검버섯 할머니가 하도 난리여서, 해나래는 결국 게시판 앞에 커다란 상자를 두고, 여기 담배며 성냥 같은 화기를 넣어 달라는 문구를 써 붙여야 했다.

하지만 그게 끝이 아니었다. 방에 벌레가 있다는 둥, 옆방 사람이 시끄럽다는 둥 하는 사소한 문제를 늘어놓는 사람 가운데, 정말 공포에 질려 연구실로 찾아온 사람도 있었다.

"해나래 씨, 정말이야. 내가 봤다니까! 그 긴 머리카락이 내 방문 밑으로 들어왔다고!"

"민 선생님, 진정하세요. 꿈을 꾸신 거겠죠."

핏발 선 눈과 헝클어진 머리를 한 아저씨가 연구실 문을 박차고 들어와 사방을 두리번거렸다.

"나 진짜 그 방에 못 있겠어. 그 방 이름이 ㅇㄹ이잖아, 유령! 불길해! 내가 원래 쓰던 방으로 돌아가면 안 될까? 누가 지금 그 방에 있지? 박 선생? 내가 말할게!"

책장 앞에 앉아 있던 유원이 과장된 동작으로 일어나 민 선생 쪽을 바라봤다.

"저도 들었어요……. 끽끽 긁어 대는 것 같은 소리 아니었나요?"

유원이 목소리를 낮추어 묻자, 민 선생은 입을 턱 벌렸다.

"맞아! 뭐가 있는 거지, 그렇지? 해나래 씨, 같이 좀 가 봐요. 박 선생 좀 찾아 줘, 어?"

민 선생이 해나래를 끌고 나간 뒤에, 유원은 웃음을 터뜨렸다. 담이는 어이가 없어서 유원에게 물었다.

"지금 장난치는 거야?"

"엄밀히 말하자면 실험이지. 심리 연구랄까. 사람들이 단체로 암시에 걸리는 건 어떤 걸까 궁금해서 말이야. 이런 기회는 흔치 않아. 연구 대상이 한 공간에서 일주일 동안 함께 생활하고 있잖아. 작은 소문 같은 게 엄청 퍼져 나갈 수 있지. 여기, 연구 상황도 기록하고 있다니깐."

유원은 주머니에서 손바닥만 한 까만 수첩을 꺼내서 흔들었다. 역시 남매구나 싶어 담이는 자기도 모르게 웃었다. 겉으론 다른 것 같아도 생각하는 게 비슷했다. 유주는 그런 말을 들으면 치를 떨겠지만.

"좀 봐도 돼?"

담이가 물었다. 유원은 우리말을 하지 못한다고 했다. 그럼 저 수첩은 어느 나라 말로 적는 걸까?

"알아보기 어려울 텐데. 나 진짜 글씨 못 쓰거든."

"그냥, 어떤 나라 말로 쓰나 궁금해서. 영어인 거야?"

"어? 어……."

유원의 눈동자가 흔들렸다.

"안 되겠다. 이거, 이거 비밀이라서……. 완전 비밀이라서 보여 줄 수 없어. 나중에, 연구 결과가 나오면…….”

그때였다. 갑자기 우웅 하고 뱃고동 같은 소리가 났다. 둘은 입을 다물었다. 소리의 여운이 울림으로 남아 방을 채웠다.

“……무슨 소리지?”

갑자기 무서워진 두 아이는 부엌으로 도망쳐 왔다. 부엌은 밝았고 양 할머니가 앞치마를 두르고 부지런히 반찬을 만들고 있었다. 여기 오자 비로소 안심이 됐다.

부엌의 작은 식탁에서는 제학이 늦은 아침을 먹고 있었고, 그 건너에서는 유주가 책을 읽고 있었다. 유주는 유원을 보고 인상을 찌푸렸다. 담이는 유주 옆에 자리 잡았고, 유원은 멀찍이 앉았다. 양할머니는 아이들에게 시원한 사과 주스를 한 잔씩 내주었다.

뒤이어 해나래가 넋 나간 표정으로 발을 끌며 들어왔다.

“이러다간 제명에 못 죽을 거야. 이상해, 우리끼리만 있었을 땐 이런 일이 없었는데. 진짜 뭐가 있는 건지.”

해나래의 말에 제학이 대꾸했다.

“이 집 유령은 사람 많은 걸 좋아하나 보지요. 아님 누가 끌고 들어왔던지요. 그런 얘기도 있었잖아요…….”

“무슨 얘기요?”

유원이 눈을 반짝이며 물었다. 담이는 두 손으로 귀를 막았고, 유주가 명령하듯 말했다.

“유령 얘기 좀 그만해요!”

“무슨 말만 하면 그만하래…….”

유원은 구시렁거리다가 유주의 싸늘한 눈초리에 조용해졌다.

"그것보다, 김 감독이 신 박사님 얘기를 자꾸 캐고 다닌대. 게시판을 정리하자는 소리를 자꾸 하는 것도……."

해나래가 작은 목소리로 제학에게 말했다. 두 사람은 소근거리며 알아듣지 못할 말을 주고받았다.

"여기 관계된 사람이 다 모여 있으니 그럴 만하지."

부엌 쪽에서 불쑥 박 기자가 고개를 내밀었다. 제학은 들고 있던 숟가락을 떨어뜨렸다.

"아, 깜짝이야! 언제부터 거기 있었어요?"

"양 할머니 마늘 까는 거 도와드리고 있었는데."

박 기자는 태연하게 말하며 비닐장갑을 벗고 제학의 옆자리에 앉았다. 제학은 코를 감싸쥐며 옆으로 물러났다.

"김 감독은 그 일에 대한 자료를 얻으려고 온 거나 다름없어. 여기 오기 전에 신 박사님 가족까지 만났대."

"뭔데요? 무슨 일인데요?"

유원이 궁금해 죽겠다는 듯 물었지만 해나래는 고개를 저었다.

"지난 일을 굳이 캐고 다닐 필요 있나요?"

"꺼림칙한 구석이 있다는 건 다들 알고 있었잖아. 김 감독에게는 한 방 터뜨릴 기회인 거지."

"아니, 언니는 도대체 누구 편이에요?"

"편 가르기는 왜 해? 난 정 교수님 미발표 작품만 찾으면 돼."

박 기자는 단호하게 말했다.

"그런 게 정말 있다면 말이죠."

제학이 혼잣말처럼 말했다.

담이와 유주의 눈이 마주쳤다. 꺼림칙하다니, 한 방 터뜨린다니?
이 집에 또 다른 비밀이 숨겨져 있는 것일까?

해나래는 버릇이 된 한숨을 내쉬었다.

"앞으로 일주일이야. 제발 아무 일 없이 여름 모임이 끝나기만을
빌어야지."

7

◇◇◇◇◇◇◇◇◇◇◇◇◇◇◇◇◇◇◇

무언가
벌어지고 있다

"저기, 저 사람들 봐."

유주가 담이의 팔을 잡아당겼다. 양 할머니가 쥐어 준 고구마튀김을 먹고 있던 담이는 휘청거리며 끌려왔다. 유주는 복도 장식장 옆에 서 있는 두 사람을 가리켰다.

"누구? 열쇠 보는 사람들?"

유주는 대답 없이 그 사람들을 노려봤다. 중년의 두 남자가 장식장 문을 열고 그 안에 든 열쇠를 만지작거리고 있었다. 은줄을 꼬아 만든 아름다운 열쇠였다.

주위를 은근슬쩍 살피던 남자들의 움직임이 순간 멎더니, 한 사람이 열쇠를 바지 주머니에 넣었다.

"어?"

담이는 놀랐고, 유주는 튀어 나가듯 그쪽으로 달려갔다.

"지금 뭐 하시는 거예요? 왜 열쇠를 가져가요? 빨리 제자리에 두세요!"

"깜짝이야! 이거 놔라. 열쇠라니?"

남자들은 모른 척 시치미를 떼고는 발을 옮겼다. 유주는 전혀 망설이지 않고, 담이라면 절대 못 할 일을 했다. 복도 바깥쪽을 향해 크게 소리를 지른 것이다.

"도둑이야! 도둑이야!"

그 사람들은 화들짝 놀라 유주에게로 돌아섰다.

"도둑이라니!"

"남의 물건을 가져가면 그게 도둑이지 뭐예요!"

"잠깐 보려고 한 거야! 잠깐, 방에 가져가서!"

그 남자의 얼굴이 붉으락푸르락해졌다. 옆에 서 있던 남자가 지갑을 꺼내 들었다.

"꼬마야, 가서 아이스크림이라도 사 먹어라."

만 원짜리 한 장에 넘어갈 유주가 아니었다. 유주는 결국 그 사람들이 열쇠를 제자리에 놓도록 만들었다.

"가자, 알려야 해."

유주는 담이를 끌고 해나래를 찾아 달려갔다. 해나래는 제학과 함께 부엌 간이 식탁에 앉아 서류를 들여다보고 있었다. 그 옆에서는 유원이 양 할머니를 도와 커다란 냄비를 젓고 있었다.

"사람들이 열쇠를 훔치려고 했어요!"

해나래는 유주의 말에 눈을 동그랗게 떴다.

"응? 그게 무슨 소리니? 열쇠를 훔쳐?"

"역시…… 예상대로야."

제학이 씁쓸하게 말했다.

"사람들은 여름 모임이 마지막이 될 거라고 생각해. 이번이 이 집에 들어올 수 있는 마지막 기회란 거지. 알지? 이 집 어딘가에 보물이 있다는 소문 말이야. 열쇠 중에 엄청나게 값나가는 게 있을지도 모르지. 장식장은 대부분 열려 있고 소장품 목록 같은 것도 없어. 우리가 만들려 했지만 교수님이 싫다고 하셨거든. 뭐든 체계 안에 넣는 걸 싫어하시는 분이니까. 맘만 먹으면 빼돌리는 건 일도 아니야."

"아이고, 순찰이라도 돌아야 하나. 모임만 시작하면 큰일은 지나가는 줄 알았는데……."

해나래가 식탁 위로 팔을 뻗고 엎드렸다.

"자, 이거 마시고들 일해."

양 할머니가 차가운 수정과를 내왔다. 해나래는 그게 보약이라도 되는 것처럼 꿀꺽꿀꺽 들이켰다.

"할머니, 진짜로 이 집에 보물이 감춰져 있나요?"

유원이 물었다. 양 할머니는 생각에 잠긴 표정으로 앞치마에 손을 닦았다. 유주가 조급하게 물었다.

"사람들이 찾아내면 어떻게 해요? 막 훔쳐 가면……."

"정 교수님이 원하시는 건 뭘까. 너희는 어떻게 생각하니?"

"당연히 싫어하시겠죠. 정 교수님이 숨겨 놓은 거잖아요."

유원의 말에 양 할머니는 고개를 갸우뚱 기울였다.

"너무 오래 감춰 놓다 보면 차라리 발견되길 바랄 때도 있단다. 나 스스로는 내어놓을 수 없기 때문에 다른 사람이 발견해 주기를 기다리는 것이지."

'그럼…… 정 교수님은 사람들이 그 보물을 찾기 바란다는 거야? 자기가 숨긴 건데도?'

담이는 그 말을 이해할 수 없었다.

"보물이라면, 그 이야기겠죠. 게시판 말이에요."

제학이 불쑥 말했다.

"그 이야기엔 뭔가 있어요. 다 드러나지 않도록 접혀 있죠. 접힌 자국 틈으로 어둑한 그늘이 어리는, 그래서 무엇인가 더 있으리라 상상하게 되고 기대하게 되는 이야기들이에요. 그 게시판은 그래요. 아니, 이 집이 그런 건지도 모르죠."

담이는 입을 벌리고 제학이 단숨에 뱉어 낸 말을 들었다.

"와, 제학아. 그런 생각 하는 줄은 몰랐네. 너 저 이야기 정말 좋아하는구나?"

해나래의 감탄 어린 말에 제학은 귀까지 빨개지더니, 뭔가 알 수 없는 말을 우물거리고 허둥지둥 자리에서 일어났다. 그러나 제학은 나가다 말고 그 자리에 멈추었다.

"아, 서 선생, 여긴 웬일이세요?"

양 할머니가 놀라 말했다. 부엌 입구에 서씨 할아버지가 서 있었다. 서씨 할아버지는 허공 어딘가를 노려보며 굳은 목소리로 말했다.

"문패 없는 문들을 열어 보려는 자들이 있소. 그건 금지된 일이오. 규칙은 규칙이니까. 그런 자들은 다 쫓아내야 하오."

서씨 할아버지는 경고하듯 말하곤 휙 돌아 나가 버렸다. 해나래는 머리를 긁적이며 서씨 할아버지의 뒤통수에 대고 대답했다.

"아이고, 네. 알겠습니다."

"믿음직스러운 파수꾼이 계시긴 하네요."

제학이 중얼거렸다.

* * *

이번 벽은 미로였다. 모퉁이를 돌면 거듭 얇은 벽이 나타나 길을 막았다.

람은 어디선가 들려오는 소리를 찾아 벽 주위를 헤맸다. 노래 같기도 하고 수많은 사람의 대화 소리 같기도 했다.

앞으로 걸어갈수록 소리는 점점 커졌고 마침내 앞이 확 트였다. 미로 중간의 빈터였다. 거기에는 하늘을 가릴 듯한 큰 나무가 한 그루 있었다. 람은 그 아래 서자 자신이 너무나 작고 무력해지는 것을 느꼈다.

그 나무로부터 무수한 목소리들이 들려왔다. 목소리가 겹치고 흩어지며 내는 소리는 엄청난 규모의 악단이 연주하는 교향악 같기도 했다.

람은 소리가 어디에서 비롯하는지를 알게 됐다. 가지마다 잎이 많이 달려 있어 소곤소곤 말하고 있었다.

"아, 정말로 오랜만에 보는 사람이야."

"그래그래, 이 근처까지는 좀처럼 아무도 오지 않았는데……."

잎들이 자기들끼리 속삭였다. 람이 그들에게 물었다.

"어떻게 여길 빠져나갈 수 있을까요?"

"어디 보자, 넌 어떤 걸 가지고 있니? 우리한테 필요한 걸 줄 수 있니?"

잎들이 재촉했다. 람은 고민했다. 이들에게 무엇이 필요할까? 그때 많은 소곤거림 중에 한 목소리가 람의 귀에 꽂혔다.

"목말라, 우리는 목이 마르다고."

람은 급히 가방을 뒤적였다. 목마른 나무를 위한 열쇠가 있었다! 물벽에서 얻은 물로 된 열쇠였다.

람은 그 열쇠를 나무 밑에 묻었다. 잎들이 부르르 떨었다.

"아, 살 것 같다. 살 것 같아."

"이제 길을 가르쳐 주세요."

람의 말에 잎들은 한꺼번에 와하하 웃었다.

"길은 바로 네 앞에 있어. 우리 뒤로 나가면 돼!"

잎들을 무시하고 그냥 걸어갔다면 미로를 빠져나갈 수 있었던 것이다. 람은 허탈하게 잎들을 따라 웃었다.

"잠깐, 선물을 하나 줄게. 열쇠 하나를 줄게."

잎 하나가 열쇠를 뱉어 내고는 말했다.

"문들의 문을 만났을 때 필요하게 될 거야. 문들의 문은 기억과 약속 사이에 있지. 넌 뭘 기억하니? 넌 무슨 약속을 했니?"

열쇠를 뱉어 낸 그 잎이 물었다. 그러곤 수많은 잎 사이로 숨어 버렸다.

람은 얼떨떨한 기분으로 열쇠를 줍고는 나무 뒤에 있던 길로 빠져

나왔다.

"그런데 말이야, 너 원래 이렇게 키가 작았니? 눈이 생기고 처음으로 널 봤을 때는, 이거보다 더 컸던 것 같은데……."

핑이 람을 찬찬히 훑어보며 말했다.

"무슨 소리야, 키가 컸으면 컸지 줄겠어?"

"이상하다, 목소리도 지금보다 더 낮았어. 머리 색깔도 이렇게 까맣지 않았는걸."

"그전에 너무 고생해서 그래. 사막의 모래가 머리카락에 달라붙어 회색으로 보였을 거야. 목에도 모래가 끼어서 듣기 싫었을 거구."

"그래서였나?"

핑은 더듬이를 쫑긋거렸다.

***

정 교수의 이야기가 끝나자 담이는 늘 그랬듯 자기가 쓴 것을 소리 내어 한 번 읽었다. 중간에 정 교수가 끼어들었다.

"방금 뭐라고 했지?"

담이는 그 부분을 다시 읽었다. '……가지마다 잎이 많이 달려 있어…….' 정 교수는 미묘한 표정으로 피식 웃었다. 담이는 정 교수의 눈치를 봤다.

"제가 잘못 썼나요?"

"아니, 아니다. ……고생들 좀 하겠구나."

정 교수는 의자에 기대었다. 고생이라니, 사람들이 예전처럼 이 이야기를 해석하려 애쓸 거라 생각하는 것일까. 담이는 망설이다 가 말을 꺼냈다.

"음, 뭐 여쭤 봐도 되나요? 이 이야기가…… 여름 모임이 끝나기 전에 끝나나요?"

"그건 왜? 이런 이야기는 이제 그만하고 유언이나 남기라더냐? 뻔하다. 하지만 난 유언 같은 건 할 생각 없어. 어차피 죽으면 끝인 것을. 저작권이고 뭐고, 이미 세상을 떠난 이에게 무슨 의미가 있 다고."

정 교수는 기분 나빠 보이지 않았다. 차라리 즐거워 보였다. 얼 굴 가득 구겨진 웃음이 퍼졌다.

"그럼, 이 집은요?"

담이는 관리인 아저씨가 이 집을 허물고 새 건물을 짓고 싶어 한 다는 것을 떠올렸다. 그러자 가슴 한쪽이 아려 왔다.

"그래. 내가 죽으면 이 집은 부서지겠지. 드러나게 되겠지. 그 전 에…… 밝혀야겠지."

'무엇을요?'

담이의 질문은 입안에서 뭉개졌다. 정 교수는 태엽이 다 풀린 오 르골처럼 길게 늘어지는 목소리로 램프를 가져다 달라고 부탁했 다. 담이는 능숙하게 램프를 책상 위에 가져다 놓고 불을 붙였다. 정 교수는 램프로 손을 뻗었다.

"죽으면 아무것도 책임지지 않게 돼. 그러니까 죽기 전에 해야 하는 거다. 이 이야기를 다 쓰고…… 그에 합당한 결과를 받아들이고. 벌어질 그 모든 일을 보고 감당하는 것이, 내가 살아 있는 동안 하고 싶은 마지막 일이다. 이 또한 살아 있는 사람의 헛된 속죄이겠지만."

다음 날은 종일토록 비가 왔다. 더위가 한풀 꺾인 것은 좋았지만 집안 분위기는 우중충해졌다. 아무리 불을 켜도 집안 구석구석 웅크리고 있는 어두운 기운을 몰아낼 수는 없었다. 집안 모든 것이 무겁게 습기를 머금었다. 집이 워낙 낡아서 비가 새는 곳도 많았다. 양 할머니는 빨갛고 노란 플라스틱 통들을 물이 새는 곳곳에 놓았다. 톡톡 물이 떨어져 고이는 소리를 들으니 담이도 몸이 축 처지는 기분이었다.

정 교수도 유난히 기운이 없었다. 담이를 앞에 두고도 책상에 놓인 램프만을 하염없이 바라봤다. 불꽃은 따뜻하면서도 서글퍼 보였다.

"무엇을 위해 그토록 애써 왔는지. 손가락 사이로 다 빠져나가 버렸지. 마른 모래성처럼, 아무것도 남지 않았어."

쓸쓸한 말이었다. 그렇게 많은 일을 하고 많은 것을 가진 정 교수가 그런 말을 하는 것이, 담이는 이상했다.

'난 외롭지 않아. 적어도, 이 집에서만큼은.'

이제는 거의 친구라고 해도 될 만한 유주도 있고, 편하게 대화할 수 있는 유원도 있다. 해나래 언니와 제학 오빠, 양 할머니, 그리고 숨을 곳이 있는 이 집. 그런데 정작 이 집의 주인인 정 교수는 왜 저리 외로울까.

담이는 조심스레 말했다.

"사람들은, 다 교수님 이야기를 듣고 싶어 해요."

사실 사람들이 기다리는 것은 이런 이야기가 아니라 유언이겠지만.

"사람들!"

정 교수는 경멸스러운 어조로 말했다. 그러다 정 교수의 얼굴에서 썰물 빠지듯 독기가 빠져나갔다.

"……사람들."

정 교수는 힘없이 거의 애원하듯 말했다.

"사람들은 이상해. 무슨 이야기를 믿고 믿지 않을지를 미리 결정한단 말이지. 무엇이 진실인가와 상관없이. ……두 친구가 있었지. 아주 오랜 친구였어."

정 교수는 명한 표정으로 어떤 이야기를 들려주기 시작했다. 담이는 만년필을 놓았다. 그건 벽 이야기가 아니었다.

"두 사람은 비슷한 점도 많았고, 관심사도 비슷해서, 결국 비슷한 일을 하게 됐지. 하지만 둘의 처지는 무척 달랐어. 한 사람은 크게 성공을 거두었고 한 사람은 그렇지 못했지. 그래도 둘의 우정은 지속되었어. 그러다…… 얄궂은 일이 벌어졌지. 두 사람이 동시에, 비슷한 내용의 책을 쓴 거야. 그다음은 뻔하게 흘러갔어. 사람들은, 무명인 친구가 성공한 친구를 따라 했다고 생각했어. 내게 묻더군. 내 친구가 날 따라 한 거냐고."

담이는 헷갈렸다가, 정 교수가 자신의 이야기를 하고 있다는 것을 깨달았다. 그 성공한 친구가 바로 정 교수였다.

"나는 그저 대답하지 않았지. 그러자 사람들은 자기들 멋대로 생각하기 시작했어. 그 친구가 나를 표절했다고, 내 아이디어를 훔친 거라고 말하더군. 얼마나 쉬운가, 몰이해의 벽에 갇히기란. 인간이란 얼마나 가볍고 또 가차 없는지. 내가 나서야 했는데. 그 친구에겐 아무 잘못 없다고 내가 말해야 했어."

정 교수의 얼굴이 일그러졌다.

"지금이라도 사실을 말하고, 친구한테는 미안하다고 용서를 구하면 안 되나요?"

담이는 그 아이들을 생각했다. 만일 그 애들이 담이에게 미안하다고 사과한다면 어떤 기분일까. 당장 용서할 수는 없겠지만, 기분은 나아질 것 같았다.

정 교수는 맥없이 웃음을 지었다.

"사과하라고? 지금은 그조차 할 수 없다. 그 친구는 오래전에 세상을 떠났거든. 나는 끝내 얘기하지 못했어. 미룬 거지. 그렇게 허망하게 갈 줄을 모르고……."

정 교수는 램프를 가까이 당겼다. 파란 불꽃이 정 교수의 얼굴을 어른어른 비추었다.

마침내 입을 열었을 때, 정 교수는 지금껏 보지 못했던 표정을 짓고 있었다. 담이는 그 뉘우침과 결심의 표정을 읽어 내기엔 아직 어렸다. 정 교수의 입에서 이야기인 듯 이야기가 아닌 듯한 말들이 흘러나왔다.

"그는…… 꿈을 꾸었을 거야. 문을 열고 들어가는 꿈을. 그 안에
는…… 소리가 가득 차 있었어. 그는 그 소리들이 자기 것이라 착
각했지. 열쇠가 되어 줄 거라고 믿었어. 하지만 그 소리의 주인들
은 누군가 자기 소리를 그렇게 모으는 것을 몰랐지. 그러니 훔친
것일까? 빌린 것일까? 나는 오랫동안 그 소리들을 들어 왔어. 비어
있는 방에 맴도는 목소리들을."

정 교수가 입을 다물었다. 담이는 방금 들은 것을 잘 이해할 수
없었지만, 정 교수가 아주 중요한 뭔가를 얘기했다는 것은 알 수
있었다. 정 교수는 깊게 숨을 내쉬고는, 입을 열었다.

"말을 해야 할 때가 된 것 같구나……."

정 교수의 목소리는 평소와 달랐다. 아주 예민하고 날이 서 있는
목소리였다. 담이도 덩달아 몸에 잔뜩 힘이 들어갔다. 정 교수는
말이 혀에 달라붙어 있기라도 한 것처럼 겨우겨우 내뱉었다.

***

"여기서 자야 할 것 같아."

람은 바닥에 망토를 깔고 누웠다. 아까 오는 길에 따 두었던 신선
한 나뭇잎 위에 핑을 올려놓고, 람은 금방 잠들었다.

잠 속에서 람은 안개의 벽을 봤다. 온통 뿌옇게 흰 벽 속에 한 사람
이 서 있었다. 안개 때문에 이목구비는 전혀 알아볼 수 없었다. 그가

말했다.

"너는 벽을 지나면서 너 자신을 조금씩 남기고 왔다."

람은 고개를 끄덕였다. 처음의 하얀 벽을 지날 때 들은 이야기였다.

"떨어진 것들은 다시 합쳐지려고 한다. 벽들에 남겨진 네 조각들이, 너를 찾아 이쪽으로 오고 있다."

벽의 일부였던 거인이 말한 덩어리가 바로 그것일까. 그 조각들이 하나로 뭉쳐 람을 따라오는 것일까.

"저에겐 좋은 일 아닌가요? 어차피 제 것인데."

"조각들이 되돌아오면 너는 다시는 벽을 넘지 못하게 될 것이다."

"그건 안 돼요! 지금껏 얼마나 힘들게 왔는데 도시에 들어가 보지도 못하고 그럴 순 없어요!"

"도시…… 도시가 어디에 있는데?"

"마지막 벽을 지나고 나면 있겠지요."

그는 지그시 람을 바라봤다.

"너는 이제 곧 마지막 벽을 만나게 될 것이다. 그 안에는 네가 찾지 못한 비밀, 어떻게 다뤄야 할지 모르는 재산이 있지. 네가 마지막 문에 이르러 문을 연다면, 너는 조각들을 되찾게 된다. 그 조각들은 너 자신이니까."

어차피 도시에 다다른다면 더는 벽을 넘을 필요가 없을 것이다. 손해는 아니라 생각하면서도 람은 개운치 못한 기분을 떨칠 수 없었다.

안개 속의 사람이 말했다.

"그때의 너는 지금까지의 네가 아닐 것이다."

***

"마지막 벽이라니, 끝나긴 하나 보군!"

부엉이 할아버지가 만족스럽게 고개를 끄덕였다.

"우릴 불러 모은 이유가 있었던 거야. 이야기를 마무리하고 뭔가 알리려는 거지. 역시 유언이겠지!"

"재산이란 말을 봐요. 파산 직전이니 뭐니 해도, 다 뒤에 숨겨 놓은 게 있었던 거예요."

검버섯 할머니가 붉은 매니큐어 바른 손을 흔들며 말했다.

"이야기가 끝나면 저 게시판을 열어 봐도 되는 거겠죠? 드디어 정리를 할 수 있겠군!"

김 감독이 눈을 번뜩였다.

담이는 계단 쪽에 서서, 사람들이 이야기와는 상관없는 일로 떠드는 것을 지켜봤다. 말해도 전해지지 않고 받아들여지지 않으면, 굳이 말할 필요가 없는 게 아닐까. 정 교수님은 무엇 때문에 그렇게 열심히 말을 하고 있는 걸까.

유주는 아지트에 있었다. 담이가 들어왔는데도 유주는 책에서 눈을 떼지 않았다.

기분이 안 좋은가? 눈치가 보였다. 평소에는 유주가 저렇게 혼자 있고 싶다는 티를 내면 담이는 말을 걸지 않았다. 하지만 지금은 자꾸 말을 하고 싶었다. 교수님이 한 이야기와 사람들의 반응에 대해, 이유를 댈 수 없는 슬픔과 답답함까지도 말하고 싶었다. 어떻게 말을 시작할지 모르겠는데, 유주가 불쑥 말했다.

"나 오늘 생일이야."

"뭐? 진작 말해 주지! 선물이라도 사올걸……."

"됐어."

유주는 책에서 눈을 떼지 않고 대답했다. 담이는 어쩔 줄 몰라 아무 말도 못 하다가 겨우 물었다.

"그럼 오늘은 여기서 안 자고 집에 가겠네?"

"아니? 왜?"

유주는 비로소 눈을 들었다. 왜라니, 생일이라고 하면 친구들과 파티를 하지 않나? 담이 또한 지난 생일엔 엄마가 집에서 파티를 열어 줬다. 담이가 원했던 것도 아닌데 엄마는 아이들을 불렀다. 그리고 거기 모인 아이들은…….

'생각하지 말자.'

담이는 머리를 흔들었다. 어쨌든 친구를 안 부르면 식구들끼리 맛있는 밥이라도 먹지 않던가.

'그럼 생일에 아무것도 안 하고 지나간다고? 나라도 뭘 주면 좋겠는데…….'

담이는 방 한쪽에 놔두었던 가방을 살폈다. 귀퉁이가 닳은 동전 지갑과 필통뿐, 선물로 할 만한 건 없었다. 그래도 뭔가를 주고 싶었다.

곰곰이 생각하던 담이는 책상에서 종이를 찾아내어 편지를 쓰기 시작했다.

"뭐 하는데? 내 이름 가지고 뭐 만들려는 건 아니지?"

유주는 곁눈질하며 웃음기 섞인 목소리로 말했다. 그 웃음에 힘입어서, 담이는 약간 쑥스러울 수도 있는 생일 축하 카드를 썼다. 유주가 좋아하는 글자인 결과 겹을 생각하면서.

　　내 친구 **겸** 동료인, **결**이라는 이름을 가지고 싶어 하는 유주야.

　　우리 우정은 한 **겹** 더 깊어지고 있을까? 나는 네 **곁**에 있을 거야.

　　생일 축하해.

"그냥 짧게 썼다."

카드를 내밀면서, 담이는 쑥스러워져서 괜한 말을 덧붙였다. 유주는 그 짧은 글을 한참 들여다보다가 희미하게 웃었다.

"지금까지 받아 본 생일 카드 중에서 제일 마음에 들어."

"진짜? 진짜?"

"진짜."

담이는 가슴께가 간지러웠다. 하고 싶던 말을 하지 않았는데도 갑갑하던 게 풀렸다. 신기한 일이었다.

"나중에 우리 집 놀러 올래?"

유주가 불쑥 말했다. 웃음기 없는 딱딱한 얼굴이었다. 이제는 그게 화가 나서가 아니라, 어색함 때문이라는 것을 담이도 알았다.

"정확히는 할머니 집이고 우리가 얹혀사는 거지만. 바로 요 앞이야. 우리 집 왔다가…… 같이 여기 또 와도 좋고."

'이야기가 끝나도'라는 말이 생략되어 있다고 느꼈다. 정 교수님을 만날 일이 없어져도, 그래도 놀러 올래? 같이 여기 올래? 그렇게 물어 주는 것 같았다. 말도 안 했는데 유주는 어떻게 담이의 맘을 알았을까. 유주가 건넨 말은 이야기가 끝나도, 끝이 아닐 거라는 위로와 약속이었다.

'끝나도 슬퍼하지 말자. 이 이야기를 적을 수 있었다는 것만으로도 대단한 여름이었어.'

담이는 스스로를 다독이며 방으로 들어섰다. 그러나 상황은 예상대로 흘러가지 않았다.

정 교수는 무척 아파 보였다. 얼굴은 흙빛이었고 숨소리도 불규칙했다. 몸을 움직이는 것도 힘겨워할 정도였다. 담이는 만년필을 들고 한참을 기다리다가 아무래도 걱정이 되어 정 교수 앞으로 다가갔다.

"저기, 오늘 힘드시면 쉴까요?"

"……괜찮다. 조금 쉬면 괜찮아질 거야……."

하지만 그렇게 한 시간이 넘도록 정 교수는 진땀을 흘리며 그 자리에 앉아 있었다. 마치 담이가 겪은 일처럼, 말이 정 교수의 입에서 나오지 않으려고 버티는 것 같았다. 양 할머니가 조심스럽게 문을 열고 들어왔다.

"아직 안 끝났니? 교수님 식사하셔야 하는데……."

담이는 결국 빈손으로 방을 나왔다. 오늘이 끝이리라 기대했던 사람들의 실망은 눈에 보일 정도였다. 화를 내는 사람까지 있었다.

"역시 들었다 놨다 하는 데 일가견이 있는 양반이라니까!"

부엉이 할아버지가 혀를 찼다. 담이가 다 억울할 지경이었다.

'진짜로 아프신데! 어떻게 저렇게 쉽게 말을 하지?'

다음 날도 똑같은 상황이 반복되고 말았다. 오늘 정 교수는 아예 침대에서 일어나지도 못했다. 담이에게 종이와 펜을 들고 침대 곁으로 오라고 말은 했지만, 식은땀을 흘리며 더듬거릴 뿐이었다.

"계속…… 해야 하는데……. 아직 할 말이…… 제일 중요한 말이……."

버럭 겁이 난 담이가 비상전화의 수화기를 들려 하자 정 교수는 어디서 그런 힘이 났는지 담이의 손목을 휘어잡았다. 딱딱하고 마른 손가락은 불붙은 나뭇가지처럼 뜨거웠다.

"안 돼…… 그냥 둬라……. 아직 멈출 수는 없어…… 기다려……."

정 교수는 거듭 고개를 저었다. 담이는 이러지도 저러지도 못하고 한참 앉아 있다가, 어제처럼 양 할머니가 온 뒤에 마지못해 방을 떠났다.

이틀째 담이가 빈손으로 방문을 나오자 집의 분위기가 달라졌다. 자기들끼리 속닥이며 게시판을 곁눈질하는 저 사람들은 무슨 생각을 하고 있는 걸까. 김 감독을 중심으로 노인들이 모여 있는 것도 거슬렸다. 담이는 좋지 않은 예감이 들었다.

"설마…… 치매에 걸리신 건 아니겠지. 허허, 이렇게 어처구니없이 끝나는 건가."

부엉이 할아버지가 탄식인지 악의 어린 농담인지 모를 말을 중얼거렸다. 그는 헛기침을 하며 사람들의 주의를 끌었다.

"흠, 저 게시판을 어쩐다? 정 교수가 저렇게 상태가 안 좋으시니 우리가 대신 정리를 해 드려야겠지."

담이는 자기 귀를 의심했다. 감히, 어떻게 그런 생각을? 담이는 사람들이 다들 부엉이 할아버지를 비난할 거라고 생각했다. 하지만 거실 전체에 묘한 긴장감이 감돌았다. 모두 서로의 눈치를 보고 있었다.

"거 엄청난 소리를 하시네요. 말도 마세요. 정 교수가 알면 어쩌려고 그러십니까."

흰 눈썹 할아버지가 그다지 설득력 없는 목소리로 말하자 부엉이 할아버지가 대꾸했다.

"정 교수를 위해서 하는 말 아닌가. 돌아가시기 전에 정리해서 마무리할 기회를 드리는 것이 우리가 해야 할 일이지. 어차피 거의 끝나지 않았나."

그때 김 감독이 나섰다. 그는 안경 너머로 가는 눈을 뜨고 사람들을 지그시 바라봤다.

"자, 여러분. 정 교수님께서 우리를 이 자리로 부르신 이유는, 바로 이런 순간을 위한 것이라고 봅니다. 이 많은 증인들 앞에서 게시판을 열어 보라는 것이죠."

"증인이라니, 거창한 소릴 다 하는군."

검버섯 할머니가 못마땅하다는 듯 말했다.

"저는, 저 게시판에 아주 중요한 증거가 있다고 생각합니다. 여러분들 기억하시지요? 신 박사님 말입니다."

김 감독의 말에 사람들이 술렁거렸다. 신 박사? 담이는 들어 본 적 있는 이름에 고개를 갸우뚱거렸다. 해나래와 제학, 박 기자가 그런 사람 얘기를 한 적이 있었다.

"아직도 그분이 정 교수님의 《램프의 왕국》을 표절했다고 믿는 분이 많으시겠지요. 하지만 저는 신 박사님이 정 교수님보다 앞서 그 이야기를 생각해 냈다고 믿고 있습니다. 그 사실을, 이 게시판을 통해 확인할 셈입니다."

"아니, 그거랑 이 게시판이 무슨 상관인데?"

검버섯 할머니가 불만스럽게 외쳤다. 김 감독은 두 손을 크게 벌리며 과장된 말투로 말을 이었다.

"지금까지는, 정 교수님이 《램프의 왕국》 초안을 이 게시판에 붙인 바 있고 신 박사님이 그걸 보고 베낀 것이라 알려져 왔지요. 신 박사님 생전에 그렇지 않다고 호소하셨지만 그 호소는 받아들여지지 못했습니다. 저는 신 박사님이 이야기의 얼개를 정리해 놓은 노트와, 가족에게 그 내용을 설명한 편지를 확보했습니다. 거기 날짜가 분명히 적혀 있지요. 그러니 게시판에서 쪽지를 찾아 정 교수님이 초안을 적은 날짜를 확인하면 됩니다. 저는, 신 박사님의 편지가 앞설 것이라 확신합니다!"

거실은 얼어붙은 것처럼 조용해졌다. 담이는 모든 힘을 기울여

서 김 감독이 한 말을 이해하려 애썼다. 정 교수님의 쪽지와, 신 박사라는 사람의 편지 중 무엇이 먼저였는지 게시판을 확인해서 알아내겠다는 것이었다. 흰 눈썹 할아버지가 머리를 긁적였다.

"허허…… 아니, 굳이 그걸 그렇게 해야 하나요?"

"억울하게 표절로 몰린 신 박사님을 생각하면, 진작 이러지 못한 게 아쉬울 뿐입니다!"

모두가 김 감독의 말에 동의하는 것은 아니었다. 다만 모두는 자기가 있을 때 게시판이 열리길 바랐다.

부엉이 할아버지가 만족스럽게 고개를 끄덕였다.

"그래, 정 교수는 바로 병원으로 모시는 게 좋겠어. 아니, 말도 못 할 정도로 몸이 안 좋은 노인을 저리 둬서 쓰나!"

꼭 정 교수를 이 집에서 내보내고 맘 편히 게시판을 열어 보겠다는 말처럼 들렸다. 그 할아버지가 해나래를 불렀다.

"자네들, 열쇠를 가지고 있지? 이리 가지고 오게!"

"절대 안 됩니다!"

제학은 몸으로 게시판을 막아섰다. 억지로 열려는 사람이 있으면 싸우기라도 할 기세였다. 그때였다.

"모두 정도를 지키세요!"

확고한 목소리가 웅성거림을 잠재웠다. 양 할머니였다. 언제 올라왔는지, 양 할머니는 앞치마를 두른 채로 두 손을 허리에 얹고 당당하게 말했다.

"정 교수님께서 새로운 지시를 내리실 때까지는 함부로 행동해서는 안 됩니다. 잘 아시지 않나요?"

부엉이 할아버지는 움찔해서 말을 얼버무렸다.

"아, 양 여사, 내가 괜히 그러는 게 아니고……. 어흠, 알았어요, 알았다구."

하지만 김 감독은 뻔뻔스럽기 그지없었다!

"가서 저녁이나 준비하시죠. 이쪽 일은 전문가들에게 맡기고."

양 할머니를 무시하다니! 담이는 두 주먹을 불끈 쥐고서 속으로 스스로에게 소리를 질렀다.

'이 바보야, 제발, 한마디만 해……. 한마디만!'

"내일!"

담이의 입에서 말이 터져 나왔다. 목소리가 뒤집어져서 괴상하게 들렸다.

"내일 얘기하신다고 했어요!"

"그게 무슨 소리야, 내일 이야기하신다니?"

낯선 눈들이 담이를 보고 있었다. 귀가 울리고 손에 땀이 찼다. 담이는 주먹을 더 세게 쥐었다.

"피곤하셔서 며칠 쉬신 거라고……. 내일은 이야기해 주신댔어요."

"정말이냐?"

김 감독은 담이의 마음속을 꿰뚫어 보듯 바라보았다. 담이는 그 눈을 피하지 않았다. 김 감독이 먼저 눈을 돌렸다.

"그래, 그렇다면 내일까지 기다려 보도록 하지. 내일도 말씀이 없으면 그때 열면 되겠군."

담이는 넋 나간 채로 연구실에 돌아와 소파에 털썩 주저앉고 말
았다. 이제 어떻게 해야 할지 눈앞이 캄캄했다. 누가 담이의 어깨
를 잡았다.

"너 지금 이러고 있을 때가 아니야!"

유주가 동그랗게 눈을 뜨고 담이를 바라보고 있었다.

8

◇◇◇◇◇◇◇◇◇◇◇◇◇◇◇◇

두 사람이 쓰는
이야기

"우리가 쓰자!"

"뭐라고?"

유주의 말에 담이는 멍하니 되물었다.

"정 교수님이 내일도 말을 안 하시면 사람들은 당장 교수님을 병원에 모시고 갈걸? 게시판을 열고, 집을 뒤질 거야. 그건 막아야지!"

이야기마저 하지 못하게 되면 정 교수는 자기 집에서 쫓겨나듯 떠날 수밖에 없다는 것인지, 담이는 갑자기 슬퍼졌다. 유주가 팔을 잡아 흔들고서야 담이는 정신을 차렸다.

"어떻게 쓰자는 거야? 뭘 써?"

"지금까지 써 온 이야기가 있잖아. 그거랑 비슷하게 쓰면 되지. 어차피 사람들은 네가 어떻게 정 교수님 말을 받아 적는지 모르잖아. 속일 수 있어!"

담이는 기가 막혔다. 어떻게 정 교수님의 말을 흉내 낸단 말인가? 그러다 들키면 어쩌려고? 담이가 군이 그런 모험을 해야 할까.

하지만…… 정 교수가 말했다. 담이에게도 이 이야기에 권리가 있다고. 그러니 당연히 책임도 있는 것이다. 담이가 이름을 붙였던, 람과 펑에 대한 책임감과 애정이 담이를 움직였다.

"그래. 해 보자."

먼저 두 아이는 게시판 앞에 서서 정 교수의 말들을 몇 번이나 읽었다. 다시 아지트로 돌아올 때까지 둘은 입을 꼭 다물고 나름 생각에 잠겼다. 어떻게 이야기를 이어 가면 좋을까. 람은 또 어떤 벽을 만나게 될까?

"지금까지 보면, 열쇠와 벽이 한 쌍을 이뤘어. 어둠의 벽에는 빛나는 번개 열쇠, 물의 벽에는 금붕어 열쇠, 목마른 잎들에게는 물 열쇠…… 그렇게 맞춰 보자."

유주가 제안했다. 담이도 고개를 끄덕였다.

"그럼, 지금까지 나왔던 벽을 적어 보고 나오지 않은 걸로 해야겠다."

"둘이 뭘 그리 속닥거리는 거야?"

유원이 아지트 입구로 고개를 들이밀자 유주가 쌀쌀맞게 말했다.

"쟤한테는 말하지 마."

담이는 곤란해져서 유주와 유원을 번갈아 봤다.

"뭔가 꾸미고 있지? 아냐, 됐어! 궁금하지도 않아. 어디 잘 해 보라고."

유원은 상처받은 얼굴을 감추려는 듯 혀를 쏙 내밀고는 나가 버렸다.

두 사람이 의견을 조율하며 이야기를 쓰는 것은 쉽지 않았다. 유주는 확실히 담이보다 상상력이 풍부했지만, 줄곧 정 교수의 이야기를 받아써 온 담이는 이야기의 흐름에 대한 감이 있었다. 두 사람은 때론 부딪치고, 때로는 서로에게 조용히 감탄하며 어렵게 이야기를 만들어 냈다. 몇 번이나 고치고 다시 쓴 끝에, 그럴듯해 보이는 길이와 내용의 글이 만들어졌다.

담이는 종이 끝을 만지작거리며 말했다.

"사람들이 눈치채면 어쩌지? 유주 너라면 잘했을 텐데."

자신 없는 말에 유주의 표정이 싹 굳었다.

"그런 약한 소리 하지 마. 넌 특권을 누리고 있는 거라고. 내일 가서 평소 쓰던 종이에 옮겨 쓰는 거야. 그건 잘할 수 있지?"

유주가 다짐하듯 물었다. '그건'이라는 말이 좀 거슬리긴 했다. 마치 다른 건 다 못 한다는 것처럼 들리지 않는가. 하지만 지금은 그걸 생각할 때가 아니었다. 과연, 내일 정 교수님은 말을 하실까, 안 하실까. 이 쪽지를 쓸 일이 없으면 얼마나 좋을까.

다음 날, 담이는 덜덜 떨리는 손으로 정 교수 방의 문을 열었다. 밤을 새며 정 교수를 간호한 양 할머니가 지친 얼굴로 담이를 맞았다. 정 교수는 새벽에 잠시 정신을 차렸지만, 곧 다시 깊은 잠에 빠져 버렸다고 했다. 담이는 정 교수의 주름진 손등에 꽂힌 링거 바늘에서 눈을 뗄 수가 없었다.

"병원…… 안 가셔도 돼요?"

"정말로 마지막이 되지 않는 한 병원엔 가고 싶지 않다는 게 정 교수님 뜻이란다. 그렇게 병원에 가게 되면 다시는 집에 돌아오지 못하게 될까 봐 걱정하셨거든…… 오늘도 일어나지 않으실 것 같은데, 혹시 깨어나시면 부를 테니 가서 유주하고 놀고 있으렴."

하지만 양 할머니는 정 교수가 정말로 깨어날 거라고는 생각하지 않는 것 같았다.

"아니에요. 오늘은 말을 하실지도 몰라요. 저기, 제가 교수님 곁에서 좀 기다려 볼게요."

담이의 말에 양 할머니는 살짝 망설였다.

"그럼 내려가서 잠깐 일 보고 올 테니……"

"네! 천천히 오세요. 좀 쉬시구요."

"착하기도 하지."

담이는 양 할머니가 머리를 쓰다듬어 주자 양심의 가책을 느꼈다. 담이도 정 교수가 입을 열 것이라고 믿은 건 아니었다. 담이가 믿은 건 주머니 속의 쪽지 하나였다.

담이는 양 할머니가 앉아 있던 의자에 앉아 정 교수에게 말을 걸었다.

"저기, 유주랑 제가 대신 글을 써 봤어요. 사람들이 교수님께 나쁘게 굴까 봐 그런 거니까, 화내지 마세요."

담이는 주머니에서 쪽지를 꺼내 종이 묶음에 그 글을 옮겨 적기 시작했다.

얼음벽은 얼음 벽돌을 쌓아 만든 것이었다. 벽돌은 서로 꼭 붙어 있어서 조금의 틈도 없었다. 꽁꽁 얼어붙은 얼음 문은 아무리 밀어도 꼼짝하지 않았다.

"어떤 열쇠를 써야 하지?"

람은 열쇠 주머니를 뒤진 끝에 알맞은 열쇠를 찾아냈다. 사막의 열쇠 세공인들이 만든 귀한 불꽃 열쇠였다.

열쇠는 너무나 뜨거웠기 때문에 금속으로 된 상자 속에 담겨 있었다. 람은 천으로 손을 둘둘 말고 열쇠를 집었다.

얼음 문의 열쇠구멍에 불꽃 열쇠를 넣자 얼음 문은 서서히 녹기 시작했다. 마침내 문이 다 녹아내렸고 불꽃 열쇠도 사라져 버렸다.

람과 핑은 문이 녹아서 생긴 구멍으로 들어가 벽을 통과했다.

***

'절대 머뭇거리지 마. 당당하게 하는 거야.'

담이가 스스로에게 한 말은, 문이 열리자 안개처럼 흩어졌다.

사람들은 담이가 들고 나온 종이를 보고 짧게 탄식했다. 김 감독은 험상궂은 표정으로 종이를 뚫어져라 바라봤고, 박 기자는 의자에서 벌떡 일어나며 외치듯 물었다.

"말씀하셨니? 정말로?"

담이는 너무나 긴장이 되어서 고개만 끄덕였다.

"아이고…… 다행이다!"

잔뜩 신경이 곤두서 있던 해나래와 제학이 깊은 안도의 한숨을 내쉬었다. 해나래가 열쇠로 유리문을 열어 주자 담이는 떨리는 손으로 쪽지를 꽂았다. 담이가 게시판에서 물러서기가 무섭게 사람들이 벌떼처럼 달려들어 그 쪽지를 읽었다.

담이는 쿵쾅대는 가슴을 부여잡고 사람들의 반응을 기다렸다. 이게 뭐야, 이건 정 교수님의 글이 아니야, 네가 지어 썼지? 담이 머릿속에서는 그런 말들이 꽝꽝 울렸다.

"뭐가 이렇게 단순하지? 짧긴 왜 이리 짧아?"

누군가 말했다. 담이 심장이 쿵 내려앉았다. 다행히도 그 말은 곧 다른 사람의 대화에 묻혔다.

"거참. 이럴 시간에 유언이나 남기지."

"마지막 어쩌구 하더니 그냥 이어지는 거잖아?"

이런 불평이야말로 담이와 유주에 대한 칭찬이나 다름없었다. 아무도 눈치채지 못한 것이다.

"담아, 가자."

어느 틈에 유주가 담이 옆에 와 있었다. 사람들은 담이에게 정 교수의 상태에 대해 이것저것 더 묻고 싶어 했지만, 유주는 잽싸게 담이의 팔을 잡고 사람들 틈을 빠져나갔다.

"이제 어쩌지?"

아지트 바닥에 털썩 주저앉은 담이는 지친 목소리로 유주에게 물었다. 유주는 상기된 얼굴로 의기양양하게 말했다.

"내일 거를 또 써야지!"

＊＊＊

이번 벽은 종이였다. 군데군데 구겨진 곳이 있는 황갈색 종이였고 어딜 봐도 문은 없었다. 람은 문을 찾는 것을 포기하고 종이를 찢기로 했다.

"종이니까 찢어지겠지?"

그러나 종이는 무척 두껍고 질겨서 잡아당겨도 보풀만 일 뿐 틈이 보이지 않았다. 람은 가지고 있던 단검을 꺼내 종이에 대고 그었다. 그런데 도무지 잘라지지가 않았다. 물을 뿌려 봐도 종이벽은 말짱했다.

"이거 종이 맞아? 찢기지도 잘라지지도 않고, 젖지도 않아!"

핑이 더듬이를 갸웃거렸다.

＊＊＊

"어떻게 이 벽을 넘게 만들까?"

유주가 담이에게 물었다.

"글쎄…… 무슨 열쇠가 어울릴까? 누가 도움을 주지 않을까? 음, 뭔가 나타나는데…… 핑처럼, 벽을 타고 오는 거야."

담이는 갈색 종이 위로 작은 뭔가가 기어 오는 모습을 떠올렸다.

달팽이는 아니었다. 달팽이는 풀을 먹고 사니까, 종이 위에선 살 수 없다. 종이에서 살 수 있는 거라면…….

***

벽 저쪽에서 작은 벌레가 꿈틀거리며 기어 왔다. 벌레는 람과 핑을 보고 반갑게 말을 걸었다.

"나는 종이를 먹고 사는 좀벌레야. 이 벽에서 아주 오랫동안 살아왔지! 여긴 먹을 것이 이렇게나 많으니 나는 영원히 살 수 있을 거야."

좀벌레는 자랑이라도 하듯이 종이를 꼬물꼬물 먹어 들어갔다. 람은 무릎을 쳤다.

"네가 먹은 구멍으로 지나가면 되겠다!"

그러나 좀벌레는 너무나 작았고 아무리 먹어도 그 구멍은 좀처럼 커지지 않았다.

"이렇게 작은 구멍으로는 핑도 못 들어가. 아, 구멍이 커지려면 얼마나 더 기다려야 하지?"

람은 절망했다.

***

"이야기가 산으로 가는 거 같은데."

유주가 미심쩍어하며 말했다. 담이는 어깨를 움츠렸다.

참 신기한 경험이었다. 미리 계획한 것도 아닌데 갑자기 좀벌레
가 나타나고, 방법이 생기고, 그 방법에 또 문제가 생기고…… 문
득 무슨 일이 벌어질지 모른다던, 말이 말을 불러온다던 정 교수의
말이 머릿속을 스쳤다.

"음…… 하나로 부족하면, 여럿이 모이면 되지!"

담이가 눈을 빛냈다.

**

"너, 친구는 없니? 여럿이 같이 먹으면 좋을 것 같은데……."

"친구? 물론 여기 다른 좀벌레들도 많지만, 우리는 서로 싫어해서
같이 지내지 않아."

좀벌레가 퉁명스럽게 말했다.

**

"그냥 사이좋다고 쓰면 안 되니?"

유주가 답답해했다. 담이는 고개를 절레절레 저었다.

"아, 몰라. 이렇게 됐어. 사이 나쁜 애들이 모이게 하려면 어떻게
해야 하지?"

"뭔가 얘네가 좋아하는 걸 주면 어떨까?"

"그런데 너한테서 뭔가 맛있는 냄새가 나는데……. 그 가방에 뭐가 있어?"

좀벌레가 꿈틀거렸다. 람은 가방에서 이것저것 꺼내어 좀벌레에게 가져다 대었다. 벌레는 계속 고개를 저었다. 그러다 람이 화가들에게서 얻은 물감 통을 꺼내자 좀벌레는 격렬하게 꿈틀거렸다.

"그거! 그거! 맛있을 거 같은데!"

"그래? 그럼…… 너 말고 다른 좀벌레들도 이거 좋아하겠지?"

람은 물감으로 문 모양을 그렸다. 좀벌레는 허겁지겁 물감이 묻은 종이를 뜯어 먹기 시작했다. 얼마 지나지 않아, 좀벌레들이 벽 곳곳에서 모여들었다.

"와, 맛있다! 별미로구나!"

오랫동안 맨 종이만 먹어 왔던 좀벌레들은 람이 그린 물감 선을 따라 종이를 먹어 치웠다. 슥삭슥삭, 종이에 구멍이 나고 그 구멍이 서로 이어졌다. 몇 시간이 지나자 배부른 좀벌레들은 빈 구멍을 남기고 슬금슬금 비켜났다.

람이 종이를 밀었다. 풀썩, 종이는 안으로 쓰러지고 그 모양 그대로 문이 생겼다.

"됐다! 모두 고마워!"

람과 핑은 기뻐하며 좀벌레들에게 인사하고 문을 지났다.

담이는 연필을 놓았다. 손이 뻐근했다. 유주는 말없이 종이를 들여다보고 있었다.

"이거, 괜찮은데."

진짜 괜찮았다. 어떻게 이런 이야기를 썼지? 어디서 이런 생각이 나왔지? 담이는 뿌듯하고 설레고, 조금은 두렵기도 한 기분으로 방금 쓴 이야기를 읽고 또 읽었다. 정 교수의 이야기와 닮았든 닮지 않았든 이 이야기는 진짜였다.

한번 그렇게 쓰고 나니까 쓸 거리가 넘쳐 났다. 아이들은 즐겁게 세 번째, 네 번째 이야기를 구상했다. 정 교수의 람이 아니라 유주와 담이의 람이 겪는 모험 이야기였다. 람이 가는 길은 달라졌다. 훨씬 서툴고 좁은 길이었지만 그 길 역시 진짜였다.

다음 날 담이는 유주와 함께 쓴 쪽지를 주머니에 넣고 방으로 들어갔다. 정 교수는 여전히 침대에 누운 채 눈을 감고 있었다.

"교수님, 잘 쓸게요. 맘에 안 드시겠지만, 나중에 떼면 되니까요."

담이는 먼저 마음을 다해 인사를 했다.

그런데 갑자기 똑똑 노크 소리와 함께 문이 벌컥 열리고 한 무리의 사람들이 몰려 들어왔다. 담이는 꺼냈던 쪽지를 움켜쥐고 자리에서 벌떡 일어났다. 앞에 선 것은 관리인 아저씨였고 그 뒤로 김 감독이 따라왔다. 거기다 저 비디오카메라를 든 사람들은 뭐란 말인가? 박 기자가 팔짱을 긴 채로 뒤따랐고 해나래와 제학이 허둥지둥 들어왔다. 문밖에 사람들이 잔뜩 모여 안을 들여다보고 있었다.

"이러시면 안 됩니다!"

해나래는 김 감독 앞을 막았다.

"해나래 씨, 일개 알바 주제에 나서지 마시오. 마지막 작업이니 기록으로 남겨야 하는 게 당연하지 않소? 내가 직접 정 교수님의 뜻을 여쭤 보겠다니까?"

담이가 정 교수의 말을 받아쓰는 걸 취재하겠다는 것이다. 평소라면 꿈도 꾸지 못할 일이었다. 김 감독은 정 교수가 전 같지 않다는 것을 눈치챈 모양이었다. 김 감독의 얼굴에 야릇한 미소가 떠올랐다. 그들이 이렇게 난리를 치는데도, 정 교수는 그저 누워 눈을 감은 채 꼼짝도 하지 않았던 것이다.

"경호 씨! 이게 다 뭐야?"

해나래가 관리인 아저씨에게 화를 냈다.

"교수님에게도 기념이 될 일인데 마다할 거 뭐 있어요."

관리인 아저씨는 조금 기가 죽어서, 김 감독에게 들은 것이 뻔한 말을 했다. 김 감독이 점잔을 빼며 말했다.

"어떠십니까? 교수님, 진짜 싫으신가요? 싫다고 하시면 저희는 나가겠습니다. 이런, 정 교수님 정말 편찮으시군요! 뭣들 하고 있소, 빨리 병원에 연락하지 않고."

어른들 뒤로 발만 동동 구르는 유주가 보였다. 담이는 쪽지를 도로 주머니에 넣지도 못하고 손가락이 부서져라 주먹을 꼭 쥐었다.

이걸 들키면 정말 큰일이었다.

"안 돼요! 정 교수님은 조용히 작업하는 걸 좋아하신단 말이에
요!"

유주가 외쳤다. 김 감독은 흘낏 그쪽을 보더니 몸을 낮춰 담이의
눈을 바라봤다.

"꼬맹아. 망신당하기 전에 비키는 게 좋을 거다."

박 기자가 조용히 덧붙였다.

"네가 무슨 일을 꾸몄는지 알고 있어. 이해는 간다. 하지만 그런
식으로 언제까지 할 참이었니?"

담이에게 충격이 벼락처럼 내리꽂혔다.

'꾸며 썼다는 걸 알고 있었구나, 그래서 저렇게 자신 있게 들어
온 것이구나…….'

분노와 부끄러움과 두려움이 담이의 입을 막았다.

"무슨 소릴 하는 거예요? 그만 나가기나 해요!"

해나래가 목소리를 높였고, 김 감독은 싫다고 대꾸했다. 몸싸움
이라도 벌어질 것 같은 험악한 분위기였다.

"이게 무슨 일인가."

가냘프지만 견고한 목소리가 소란을 잠재웠다. 기적처럼 정 교
수가 눈을 떴다. 방 안은 순식간에 조용해졌다.

"저, 말씀하시는 걸, 취재를……."

김 감독조차 말을 더듬었다. 정 교수는 부어서 잘 떠지지 않는
눈으로 그를 바라봤다. 그것으로 충분했다.

불청객들은 하나둘 방을 떠났다. 김 감독은 입술을 꾹 다물고 고개를 뻣뻣하게 쳐든 채로 방을 나갔다.

방에는 정 교수와 양 할머니, 담이만이 남았다. 담이는 긴장이 풀려서 의자에 털썩 주저앉았다. 양 할머니가 물컵을 대 주자 정 교수는 힘겹게 입술을 축였다.

"……긴 꿈을 꾸었어. 그가 나왔지. 나를 탓하진 않더군. 늘 그랬듯이……. 그가 물었는데, 난 대답도 하지 못했어. 이 소란 때문에. 어째서 사람들이 그리 많이 들어와 있었던 겐가."

"죄송해요."

무슨 말을 해야 할지 몰라 담이는 용서를 빌었다. 정 교수는 그제야 담이의 존재를 눈치챈 모양이었다.

"아, 거기 있었구나. 내 말을 받아 적는 담아, 내가 며칠 쉬었지? 하루? 이틀? 미안하구나."

"아니에요……."

갑작스러운 정 교수의 사과에 담이는 놀라 고개를 숙였다. 정 교수는 여전히 잠에 취한 듯 속삭였다.

"오늘 말고, 내일 글을 쓰자꾸나. 이제 준비가 됐다."

다음 날, 담이가 부름을 받아 방을 찾았을 때 정 교수는 어제보다는 한결 나아 보였다.

"내가 쉬는 동안 바깥에선 이러쿵저러쿵 말이 많았겠구나."

"사실은요……."

담이는 엄청나게 망설인 끝에 유주와 함께 글을 썼던 것을 털어놓았다. 정 교수는 헛웃음을 짓더니 물었다.

"어디, 뭐라고 썼더냐? 따로 써 놓은 것이 있으면 읽어 보거라."

담이는 유주와 미리 썼던 종이를 가져왔다. 지난 사흘간 만들어 낸 이야기를 읽는데, 어찌나 얼굴이 화끈거리던지!

"게시판에서 떼 버려야겠지요?"

담이는 조금은 아쉬운 마음으로 물었다. 그런데 정 교수는 뜻밖의 말을 했다.

"아니다. 한번 말해진 것은 되돌이킬 수 없는 법이지. 그건 이미 그 이야기의 일부가 된 거다."

담이와 유주가 쓴 것이 이야기의 일부가 됐다니……. 담이는 어안이 벙벙했다.

"잘했다. 내가 해야 할 일을 너희가 덜어 줬어. 그동안 수고했다."

부드러운, 연약하게 느껴지는 말투였다. 정 교수는 바람 빠진 풍선처럼, 조금만 눌러도 와락 쪼그라들고 말 것 같았다. 담이는 아니에요, 하고 입속으로 말했다.

"지금까지 참 많은 벽들을 넘어 왔구나. 이제 마지막이야."

정 교수는 천천히 이야기를 시작했다. 넋을 놓고 있던 담이는 만년필을 고쳐 잡았다.

***

"남은 열쇠를 다 써야 할지도 모르겠네."

벽 앞에서 핑이 말했다.

문들을 쌓아 만든 벽이었다. 문 위에 문이, 문 옆에 문이 있었다. 그러나 그 문들은 모두 굳게 잠겨 있었다. 망연자실해 있던 람은 핑의 재촉에 발걸음을 떼었다.

가까이서 보니 문에는 각기 이름이 붙어 있었다. 햇살, 나무, 바람과 같은 이름도 있고 희망, 슬픔, 인내와 같은 이름도 있었다. 그 이름에 따라 문의 모양도 제각각 달랐다.

"어떤 문을 찾아야 하지?"

퍼뜩, 람은 잎들이 한 말을 떠올렸다. 문들의 문은…….

"기억의 문과 약속의 문 사이에."

열쇠를 뱉어 낸 잎이 분명 그렇게 말했다. 람과 핑은 한나절 동안 벽 주위를 맴돈 끝에 기억의 문과 약속의 문을 찾았다.

"맞다, 여기야."

기억의 문과 약속의 문 사이, 그 문이 있었다. 기억의 문은 작은 거울 조각이 모자이크처럼 박힌 문이었고, 약속의 문은 투박한 나무 문이었다. 그리고 두 문 사이의 문은 이 벽을 이루고 있는 문들 중 가장 평범했다.

그 문에는 파삭하니 부서질 듯 낡은 종이가 붙어 있었는데, 람은 반쯤 바랜 글자를 어렵게 읽어 냈다.

"모든 집을…… 두고 들어가라? 그럼 모아 둔 열쇠도 다 두고 가야 한다는 건가? 진짜 마지막 문인가 봐! 이 문 뒤에 도시가 있을 거야! 이제 열쇠는 필요하지 않아!"

문으로 다가가던 람의 눈에 기억의 문 거울 조각에 비친 자신의 모습이 들어왔다. 람은 놀라 멈추었다.

"저게 나라고?"

람이 알고 있었던 것보다 키가 작았다. 어깨도 좁았으며, 피부는 맑고 팽팽했다.

"난 어려졌어."

람은 처음의 하얀 벽에서 만난 사람이 말했던 것이 기억났다. 자기 자신을 조금씩 두고 가야 하며, 목표한 곳에 이르면 돌려받게 되리라는 것……. 벽을 지나면서 두고 온 자신의 조각이란, 바로 람의 시간이며 과거였다. 람을 쫓아오고 있는 덩어리는 람의 시간, 바로 람 자신이었다.

람은 문 앞에 서서, 손을 문에 대었다. 미미한 온기가 전해졌다.

이 문을 열어야 할까?

내가 왜 망설이고 있지? 람은 선뜻 문을 열지 못하는 자신에게 놀랐다.

람은, 잎이 준 열쇠를 들고 문에 대었다.

✳ ✳ ✳

'이건 끝 같지 않은걸. 교수님이 잘못 말씀하신 걸 거야.'

담이는 쪽지를 붙이고 물러났다. 사람들이 쪽지의 느낌이 달라진 것을 눈치챌까 궁금했지만, 그런 말을 하는 사람은 없었다.

"진짜 마지막인 거 맞아? 이랬다가 또 이야기가 그냥 이어지는 거 아니냐고. 양치기 소년도 아니고, 믿을 수가 있어야지."

부엉이 할아버지가 투덜댔다.

"바보들."

유주가 중얼거렸다.

"바보라니, 그건 좀 심하다."

"바보지, 우리가 쓴 것도 몰랐잖아."

유주가 냉랭하게 말했다. 유주 말이 맞았다. 오래 알고 많이 안다고 해서 진짜를 아는 건 아닌 모양이었다.

그날 밤 담이는 묘한 기분에 잠을 설쳤다. 감은 눈 뒤로는 지금까지 써 온 정 교수의 이야기들이 영화처럼 흘러갔다.

'그 문을 열면 정말 뭐가 있을까?'

이야기가 끝나면 집으로 돌아가야 하는 걸까. 여름 모임이 끝날 때까지는 있어도 되나. 끝이 오면 굉장히 슬플 줄 알았는데 그렇지가 않았다. 믿기지 않아서일까, 아니면…… 생각의 줄기가 흐려졌다. 깜박. 그 뒤로는 꿈도 없는 검은 잠이었다.

누군가 담이에게 소리치고 있었다. 어깨를 흔들며, 귀에 대고 시끄럽게.

"담아! 서담! 빨리 일어나!"

담이는 졸린 눈을 비비며 해나래를 올려다봤다. 해나래의 헝클

어진 머리와 하얗게 질린 얼굴을 보자 잠이 확 깼다. 담이는 우당
탕, 미끄러지듯 이층 침대에서 내려왔다.

"무슨 일이에요?"

담이와 유주는 해나래의 뒤를 따라 복도를 뛰었다. 안경도 제대
로 쓰지 못하고, 한쪽 발에만 슬리퍼를 신은 사람들이 한 방향으로
뛰고 있었다.

창으로는 여름 새벽빛이 푸르게 스며들고 있었다. 게시판이 있
는 거실에는 이미 사람들이 몰려들어 있었다. 담이는 머리를 세게
얻어맞은 기분으로 그 사람들처럼 게시판을 바라봤다.

"이럴 수가……. 누가 이런 짓을?"

게시판 앞 유리에 쩍 금이 갔고, 한가운데가 뻥 뚫려 있었다. 그
리고 한 움큼의 쪽지가 사라져 있었다. 누가 유리를 깨고 쪽지들을
가져간 것이다.

9

◇◇◇◇◇◇◇◇◇◇◇◇◇◇

비밀, 변명,
그리고 보물

경찰을 불러서 도둑이 들었다고 할까? 뭘 도둑맞았냐고 물으면 종이 쪽지들이라고 할까? 그 쪽지의 의미와 가치를 어떻게 알릴 수 있단 말인가.

"그럼…… 정말로 그 이야기에 무슨 의미가 있었다는 건가?"

쪽지가 없어지고 나서야, 사람들은 그게 그냥 단순한 이야기가 아니라는 것을 깨달았다.

"진작 시시티브이를 달았어야 했어!"

부엉이 할아버지의 말이 공허하게 흩어졌다. 그때 쾅 하는 소리와 함께 거실 창문이 깨질 듯 흔들렸다. 열린 창문으로 서씨 할아버지가 뛰어 들어왔다.

"누가! 감히 누가 가져간 거요!"

목을 찢고 나오는 듯한 목소리였다. 서씨 할아버지가 얼마나 벌게진 얼굴로 게시판을 노려보던지 그 옆에 서 있던 사람들이 슬금슬금 자리를 피할 정도였다. 서씨 할아버지는 상처 입은 짐승처럼 부르르 떨더니 거실 창밖으로 훌쩍 나가 버렸다.

"누구도 이 집을 떠나서는 안 됩니다. 쪽지를 되찾기 전에는!"

검버섯 할머니가 엄한 목소리로 말했다.

어차피 누구도 나갈 생각이 없었다. 순식간에 용의자가 줄줄이 목록에 올랐다. 박 선생이 가져갔을 것 같아, 탐욕스러운 눈으로 쳐다보더라고! 민 선생이 그랬지, 저 쪽지들만 가지고도 한몫 벌 수 있겠다고! 서로가 서로를 의심하는 흉흉한 분위기가 온 집안을 덮었다.

없어진 것은 최근에 담이가 쓴 쪽지들 대부분과 그 밑에 있던 예전 쪽지의 일부였다. 김 감독은 자기가 찾으려는 증거 또한 사라졌는지 모른다며 빨리 남은 쪽지를 정리하자고 목청을 높였다. 하지만 사람들은 더 이상 게시판을 건드리고 싶어 하지 않았다.

"어쩐다지. 정 교수님에게 알려야 하나?"

"알면 놀라서 돌아가실지도 몰라요."

사람들은 정 교수에게 이 일을 숨기자는 것에는 쉽게 뜻을 모았다.

누군가 노란 테이프를 가져다 경찰이 범죄 현장을 보호하듯 부서진 게시판 위를 둘둘 감았다. 그걸로는 부족한지 당번을 정해 나머지 쪽지를 지키자는 말도 나왔다.

"와, 장난 아니야. 이게 무슨 일이지?"

유원이 사람들 틈을 파고들어 와 담이에게 신난 어조로 말했다.

"제정신이니? 이게 재밌어?"

유주가 쏘아붙이자 유원은 머쓱하여 물러섰다.

"난 그냥……. 아, 제학이 형 좀 봐 줘. 완전 상태가 별로야."

복도 모퉁이에서 손톱을 물어뜯으며 초조하게 발을 구르고 있던 제학이 고개를 들었다. 단추도 반쯤은 풀어졌고 옷깃은 뒤집혀 있고 안경에는 지문이 잔뜩 묻어 뿌옜다. 제학은 담이를 보고 소스라치게 놀랐다가 어깨를 축 늘어뜨렸다.

"누가, 누가 유리를 깨뜨린 거지? 도대체 누가? 무슨 이유로?"

제학은 이제 두 손으로 머리카락을 쥐어뜯으며 몸을 흔들었다.

"정신 차려요!"

유주가 매정하게 말해도 제학의 귀에는 들리지 않는 것 같았다.

"안 되겠다, 형. 부엌에 가서 물 좀 마셔요."

제학은 유원의 손에 이끌려 비틀비틀 계단을 내려갔다.

"어디 갔지? 글을 쓰는 아이! 걔한테 다시 쓰게 하자고!"

거실에서 누군가 외쳤다. 담이는 안으로 불려 들어가 모두 앞에서 쪽지의 내용을 기억나는 대로 써야 했다. 그러나 세부사항이나 단어들까지 다 기억해 내지는 못했다.

지친 담이를 유주가 아지트로 데리고 돌아왔다. 이제 창밖은 완전히 밝아 뜨거운 햇살이 창 안으로 쏟아지고 있었다.

유주는 책상 앞에 앉아 골똘히 생각하다가 다짜고짜 물었다.

"네가 가져간 건 아니지?"

"내가 왜?"

담이는 어이가 없어 되물었다. 유주는 입술을 깨물었다.

"그래. 일단 너는 아니라고 하자……. 모두를 의심하려니 머리가 터질 것 같아."

"모두? 양 할머니와 언니 오빠들까지 의심한다고?"

유주는 단호하게 말했다.

"당연하지. 누구도 제외할 순 없어."

게시판을 열어 보자던 부엉이 할아버지일까? 혹시 김 감독과 박 기자가? 아니면 전혀 다른 인물일 수도 있었다.

"찾아야 해."

유주가 선포하듯 말했다. 뭘 어떻게? 유주가 말을 더 잇기 전에 아지트 밖에서 유원이 외치는 소리가 들려왔다.

"할머니가 아침 먹으래! 당장!"

양 할머니는 쪽지들이 사라졌다는 것을 알고서도 평소와 다름없었다. 따뜻한 밥과 된장국, 계란말이와 김치, 김과 땅콩볶음은 맛있어 보였지만, 담이는 젓가락으로 밥알을 세듯 깨작거렸다.

유원은 아까부터 잔뜩 신이 난 상태였다.

"사람들이 그러는데, 그 이야기가 보물 지도 같은 거래! 그래서 훔쳐 갔다는 거야! 이 집에 진짜 보물이 있나 봐!"

유주가 젓가락을 탁 내려놓으며 쏘아붙였다.

"지금 상황 파악이 안 되니?"

"아무 일도 안 일어나는 것보다야 재밌잖아. 왜 나한테만 뭐라 그러는 거야?"

유원이 입을 삐죽거렸다. 유주는 식탁에 턱을 괴었다.

"이상해. 그게 보물이 있는 곳을 알리는 힌트였다고 치자. 그걸 알아차렸다면, 보물을 찾아내면 될 거 아냐. 그 쪽지를 없애는 게 아니라. 그런데도 굳이 쪽지를 훔쳤다는 건…… 보물을 찾는 게 목적이 아니라, 다른 사람이 쪽지를 못 보게 하는 게 목적인 거야."

담이의 머릿속이 복잡하게 돌아갔다.

'보물찾기를 원하지 않는 사람…… 정 교수님? 양 할머니는 정 교수님이 찾기를 바랄 거라고 하셨는데……. 서씨 할아버지? 그치만 진짜 놀란 것처럼 보이셨어.'

유원이 들뜬 목소리로 말했다.

"이런 건 어때? 그 얘기는 뭔가 범죄를 저지른 사람에 대한 거라서, 그 범인이 찔려서 훔친 거야! 그럴듯하지 않아?"

"그럼 그 범인은 누군데?"

담이의 물음에 유원은 어깨를 으쓱했다.

"그건 그 이야기를 해석해 보면 나오겠지. 아, 그냥 정 교수님한테 여쭤 보는 게 제일 간단한데. 교수님에게 비밀로 해야 하는 이유는 뭐야?"

담이는 멍했던 머릿속이 점차 맑아지는 걸 느꼈다. 그 이야기가 뭔가를 의미하고 있다면. 교수님이 이야기를 통해 뭔가를 전하려 한 것이라면.

벽. 벽을 넘어가는 사람. 그리고 문. 어제 정 교수님이 마지막으로 쓴 글에서 람은 문들의 벽에 다다랐다. 마지막 문은 기억의 문과 약속의 문 사이에 있었다. 기억, 약속. 단어가 적힌 문?

"혹시 이런 문이 이 집에 진짜 있다는 거 아닐까? 약속이라면 ㅇㅅ이고, 기억이면 ㄱㅇ이지. 그런 문이 있을까?"

담이는 설마 하는 마음으로 말을 꺼냈다. 유주의 눈이 휘둥그레 졌다.

"약속…… 기억?"

유주는 다짜고짜 부엌 밖으로 뛰어나갔다.

"어디 가? 같이 가!"

담이는 먹던 그릇도 팽개치고 허겁지겁 유주를 따랐다. 여유 부리듯 물을 한 모금 마신 유원은 발걸음만은 빨리하여 두 사람을 좇았다.

오르락내리락, 아이들은 길고 짧은 계단과 복도를 달렸다. 열리는 문과 잠긴 문이, 문패의 기호들이 아이들을 지켜봤다. 마침내 셋은 몇 층일지도 모를 어느 구석 복도에 이르렀다. 그쪽 방들은 머무는 사람 없이 비어 있어 조용했다.

"이거 봐!"

유주가 흥분해서 외쳤다. 문패 없는 문이었다. 그 문의 왼쪽에 있는 문에는 ㅇㅅ이라는 문패가 걸려 있었고, 오른쪽 문의 문패 기호는 ㄱㅇ이었다. 약속. 그리고 기억.

"문패 없는 문들만 찾아본 적 있거든. 그때 봤어. 우리 아빠 이름이 용수고 엄마 이름이 고은이라서, 더 기억에 남았고."

유주는 상기된 얼굴로 설명했다.

담이는 세차게 뛰는 가슴을 두 손으로 꾹 눌렀다. 마치 자신이 람이 된 것 같았다. 이 문에 도달하기까지 람은 얼마나 많은 모험들을 했던가. 차올랐던 숨이 점차 가라앉자, 담이는 떨리는 손으로 문손잡이를 잡았다.

그러나 손잡이는 꼼짝도 하지 않았다.

"뭐야, 잠겨 있잖아!"

유원이 실망한 듯 말했다.

"그래, 그렇겠지. 쉽게 열릴 리가 없어."

모두 맥이 빠져서 문 건너 벽에 기대앉았다. 담이는 초조함에 머리카락을 잡아당겼다. 뭔가 더 있는데, 이게 끝이 아닌데…….

담이의 머릿속을 굴러다니던 마지막 퍼즐 하나가 제자리에 맞춰졌다. 담이는 유주의 손을 꽉 움켜잡았다.

"이거, 벽 이야기면서 동시에 열쇠 얘기이기도 하잖아! 열쇠를 찾으면 돼! 마지막 열쇠!"

왜 이제야 이런 생각을 했을까! 이야기 속의 문이 정말로 집에 있는 문이라면, 열쇠 또한 당연히 있을 것이다.

정신없이 이야기를 되짚었다. 마지막 문을 위한 열쇠, 그걸 람은 미리 받았었다. 미로 속에 있던, 목말라하던 나무. 나무에 달린 수많은 잎이 속삭여 람을 불렀고, 잎 중 하나가 이 문을 위한 열쇠를 뱉어 냈다.

"그런 나무가 있고, 그 나무에 열쇠가 걸려 있을 거야. 그 나무를 찾자!"

새로운 희망을 발견한 아이들은 우르르 앞뜰로 나갔다. 크고 작은 나무를 살펴보고, 집 안의 화분도 하나하나 뒤졌다. 유원은 심지어 감나무에까지 올라갔다가 정 교수님이 거길 올라갔겠느냐는 유주의 핀잔을 듣고서야 내려왔다. 아이들은 땡볕 아래에서 얼굴이 벌겋게 익고 땀범벅이 되어서도 잠시도 쉬지 않았다.

"얘들아, 점심 먹어라! 다른 분들은 벌써 다 드셨단다! 뭘 하느라 그렇게 바쁘니?"

점심때가 지나도록 아무것도 찾지 못한 아이들은 양 할머니에게 억지로 끌려와 식탁 앞에 앉았다.

오늘 점심은 얇게 채 썬 오이와 삶은 계란을 얹은 비빔국수였다. 유주는 젓가락에 손도 대지 않고 팔짱을 낀 채 생각에 잠겼고, 담이는 한 젓가락 먹고 천장 한 번 보고를 반복했다. 유원만 후룩후룩 맛있게 국수를 먹었다.

'다르게…… 다르게 보면 될 것 같은데…….'

뭔가 알 듯 말 듯했다. 가까이에 답이 있는데 엉뚱한 길로 돌아가는 기분이었다.

갑작스레, 제학이 정 교수의 글에 대해 설명해 줬던 것이 생각났다. 말을 타고 강을 건너는데, 그 말이 우리가 소리 내어 하는 말이라면……. 담이가 말했다.

"있잖아, 밤을 까먹는다고 했을 때, 먹는 밤이 아니라 깜깜한 밤이라면?"

"밤을 어떻게 까먹어?"

유주가 말했다.

"아니, 상상을 한번 해 보면……."

엄청나게 큰 거인이, 밤하늘에서 어둠을 조금씩 벗겨 입에 넣으며, 밤을 까먹는 것이다……. 담이의 말을 듣고 유원이 반색했다.

"와, 그럼 눈이 녹는다 하면, 눈알이!"

"밥 먹을 때 할 얘기는 아닌데."

유주는 딱 젓가락을 내려놓았다.

"그러니까 그런 식으로 생각해 봤는데 말이야. 내가, 잎이라고 썼잖아. 사실은 입이 아니었을까?"

담이가 자신 없이 말했다. 람이 잎이 많이 달린 나무에서 열쇠를 얻은 게 아니라, 입이 많이 달린 나무였다면……. 나무에 어떻게 입이 달렸나 싶지만 정 교수님이라면 그렇게 쓸 법하지 않은가.

"잎들이 모두 말을 했다고 했잖아. 지금까지는 나뭇잎이 말을 한 건 줄 알았어. 그런데, 진짜 입이 말을 한 거였다면……. 그 입이 열쇠를 뱉어 낸 거라면."

"그럼 잎이 아니라 입과 관련된 열쇠를 찾아야 하는 건가? 처음부터 다시 시작이네. 입이라니 더 어려워. 확실한 것도 아니잖아. 아, 머리 아파."

유주는 두 손으로 턱을 괴었다.

"나…… 알 거 같아."

한입 가득 국수를 우물거리던 유원이 괴상한 표정을 짓고 말했다. 유주는 들은 척 만 척했지만, 유원은 평소와 다르게 안절부절 못했다.

"나, 안다고!"

"뭘 안다는 거야?"

담이가 물었다. 유원은 손을 들어 부엌 한쪽의 장식장을 가리켰다. 그 안에는 골동품 같은 그릇과 컵들이 가지런히 정리되어 있었다.

"저기 맨 위에 있는 것 좀 봐!"

유원이 가리킨 것은 양쪽에 손잡이가 있는 하얀 사기 주전자였다. 주전자 배에, 입이 그려져 있었다. 붉은 열쇠를 물고 있는 잿빛 입술이었다.

장식장은 잠겨 있었다. 유주가 뛰어나가 뒤뜰 장독대에 나가 있던 양 할머니를 모셔왔다.

"할머니, 저 그릇들 좀 봐도 돼요?"

"그릇 닦아 드릴게요!"

유주와 유원이 앞다투어 말하자 양 할머니는 의아한 듯 미간을 찌푸렸다.

"무슨 장난을 치려는 건 아니겠지. 정 교수님께서 특별히 모아 둔 귀한 것들이야."

"한 개만 보면 안 되나요? 저기, 열쇠를 물고 있는 입술이 그려진 주전자요."

담이가 애원했다.

"그거 하나라면…… 그래."

양 할머니는 열쇠를 가져와 그릇장을 열고는 주전자를 꺼내어 식탁 위에 놓았다. 가까이서 보니 상당히 낡아 가느다랗게 핏줄처럼 금이 나 있었고 군데군데 이도 빠져 있었다. 담이는 떨리는 손으로 뚜껑을 잡았지만, 뚜껑은 꼼짝도 하지 않았다. 꾹 다문 입술은 영영 열쇠를 내주지 않을 것 같았다.

"깨뜨리자!"

유원의 어이없는 제안에 유주가 팔꿈치로 유원의 가슴을 팍 쳤다. 다행히 양 할머니는 김치냉장고에서 김치를 꺼내느라 그 말을 듣지 못한 것 같았다.

담이는 이야기를 돌이켜 봤다.

'열쇠를 가진 입. 그 열쇠를 어떻게 얻었더라? 물…… 물 열쇠를 줬잖아. 입들이 시원하다고 했지.'

"양 할머니, 여기 물 붓는 건 괜찮아요?"

허락을 받은 담이는 싱크대 안에 주전자를 놓고 물을 조금 틀었다. 차가운 물이 뚜껑을 적시고 밑으로 흘러내렸다. 그러자 꽉 닫혀 있던 뚜껑이 스르르 돌아가는 게 아닌가.

담이는 떨리는 손으로 뚜껑을 들어 열었다.

그 안에는 열쇠가 있었다!

아이들은 벅차서 말을 잃었다. 담이가 열쇠를 집고, 아이들은 한마디 말도 없이 한마음으로 그 문을 향했다. 부엌 의자에서 졸고 있던 노란 줄무늬 고양이가 아이들을 따랐다.

"쉿, 비단아. 따라오면 안 돼!"

유주가 고양이를 떼어 놓자, 비단이는 이해할 수 없다는 듯 꼬리를 살랑거렸다.

문이 있는 복도 가까이 이르렀을 때였다.

"너희 여기서 뭐 하니?"

맙소사, 최악의 사람이었다. 김 감독이 미심쩍은 얼굴로 아이들을 바라보고 있었다.

"아저씨, 저희가 중요한 사실을 알았어요."

유원이 불쑥 말했다. 담이는 덜컥 심장이 떨어지는 줄 알았다.

"뭐야! 너 미쳤어?"

유주는 얼굴이 빨개져서 소리를 질렀다. 유원이 말을 이었다.

"대신에 제 소원을 하나 들어주셔야 해요. 제가 가지고 싶은 레고가 하나 있거든요. 좀 비싼 건데, 그거 사 주시면 비밀을 알려 드릴게요."

"좋아, 들어주지."

김 감독은 팔짱을 끼고 고개를 끄덕였다.

"야, 이 배신자야! 내가 그럴 줄 알았어! 널 데리고 다니는 게 아닌데."

유주의 난리에 유원은 귀를 막았다.

"아유, 시끄러워. 아저씨, 저쪽으로 가서 얘기하죠."

유원이 김 감독의 팔을 잡아끌었다. 두 사람이 계단을 내려가자 담이는 유원이 왜 그랬는지 알아차렸다.

"배신하려는 게…… 아닌 거 같은데?"

"빨리, 빨리!"

담이는 문으로 달려가 열쇠를 열쇠구멍에 꽂았다. 찰칵. 열쇠가 부드럽게 돌아가고, 마침내 문이 열렸다.

10

◇◇◇◇◇◇◇◇◇◇◇◇◇◇◇◇

소리가 모이는
방에서

예상치 못하게도, 그리고 다행히도 그곳은 밝았다.

연한 상아빛 벽지가 정갈하게 벽을 덮고 있었다. 위쪽의 둥근 창으로부터 햇살이 비쳐 들어왔다. 담이는 이 방이 집의 어디쯤 위치하는지 짐작도 할 수 없었다.

"조심해!"

유주가 담이의 팔을 잡았다. 바닥이 없었다. 문 앞으로 몇 발자국 걸을 만한 널빤지가 덧대어 있을 뿐, 아래로 뻥 뚫려 있었다. 널빤지 끝에 수영장에서 본 것 같은 철제 사다리가 걸쳐 있었다. 그러나 놀라운 건 그게 다가 아니었다.

"저건 뭐야?"

담이는 얼이 빠져서 말했다.

금속 파이프들이었다. 천장부터 바닥까지 이어진 파이프 수십 개가 한쪽 벽 전체를 꽉 채우고 있었다. 파이프 오르간? 보일러실인가? 그렇지만 파이프 외에 다른 기계 같은 것은 없었다.

담이와 유주는 사다리를 타고 조심조심 바닥으로 내려갔다. 사다리는 이 집처럼 너무 낡아 녹슬었고 자꾸 흔들거렸다.

방은 그리 크지 않았다. 일인용 가죽 소파와 등받이 없는 둥근 의자, 나무 탁자가 하나씩 놓여 있고, 바닥에는 얇게 먼지가 내려앉아 있었다.

밑에서 보니 파이프들은 더욱 압도적이었다. 파이프들은 천장에서 나와 벽을 따라 죽 내려와서, 담이 눈높이쯤에서 끝났다. 끝에는 하나같이 고무마개가 덮여 있고, 마개 위에는 마치 문패에 있듯이 자음이 두 개씩 적혀 있었다.

더웠다. 약간 답답했다. 그리고 귀가 이상했다. 물속에 들어온 것처럼 멍했다. 담이는 손바닥으로 귀를 막았다 떼 봤지만 그대로였다.

유주가 마개 하나를 열자, 훅 하고 바람이 밀려 나오듯 작은 소음이 흘러나왔다. 바람 소리, 아니면 모래를 밟을 때 나는 사각거리는 소리 같기도 했다.

"쉿!"

유주는 입가에 손가락을 대었다. 담이는 유주 옆에 꼼짝 않고 서서 소리를 들었다. 유주는 마개를 한 개 더 열었다. 이번엔 아무 소리가 없었다. 한 개 더…….

"아니, 그쪽이 아니라니까!"

뚜렷한 목소리가 파이프 속에서 튀어나왔다. 담이는 소스라치게 놀라 유주를 붙들었다.

유주는 마개들을 살피더니 하나를 골랐다. ㄱ ㅂ. 해나래와 제학의 연구실 문패에 적힌 기호였다.

마개를 열자 웅웅 소음과 함께 해나래의 목소리가 조그맣게 들려왔다.

"경찰을 부르는 건 무리야. 양 할머니도 반대하시고……. 제학아, 네 생각은 어때? 제학아…… 이제학? 아니 얘가 왜 이렇게 넋이 나갔어? 정신 차려! 우리라도 정신 줄을 붙잡고 있어야지."

유주가 속삭였다.

"알겠어? 이 파이프는 같은 문패의 방으로 연결되는 건가 봐. 그 방의 소리가 들리는 거야."

담이는 고장 난 장난감처럼 고개를 끄덕였다. 정 교수가 소리들이 모이는 방에 대해 말한 적이 있었다. 진짜 이런 방이 있을 줄이야!

두 아이는 파이프에서 나온 소리들이 방 안에서 희미하게 서로 부딪치는 것을 들었다. 파이프와 함께 방 전체가 울리는 것처럼 느껴지기도 했다.

"이 방이, 그 유령의 정체인가 봐."

담이가 말했다. 사람들을 겁에 질리게 했던 것은 바로 이렇게 모인 소리들이었던 것이다.

다른 사람은 상상도 못 할 것이다. 말들은 파이프를 타고 천천히, 또는 빠르게 이 방에 모였다. 마치 피가 모였다 흘러가는 심장처럼. 집에 사람이 없는 동안에는 이 심장은 멈춰 있었을 것이다.

놀라움이 한풀 가라앉은 뒤에야 담이는 같이 들어오지 못한 유원이 생각났다.

"의외였어. 자기도 궁금했을 텐데."

"글쎄."

유주는 콧방귀를 뀌었다. 그러다 유주의 표정이 갑작스레 환해졌다.

"좋은 생각이 났어! 이걸로 누가 쪽지를 훔쳐 갔는지 알아내는 거야!"

"어떻게?"

"들으면 되잖아! 뭐라도 말하겠지. 범인이라면 분명 의심스러운 말을 할 거야!"

그럴듯한 의견이었다. 두 아이는 기대감에 부풀어 마개를 하나씩 열며 그 안의 소리에 귀를 기울였다. 조용하기도 하고, 여럿이 말하기도 하고, 가깝게 들리거나 멀게 들리기도 했다.

얼마나 들었을까. 마침내 의미 있는 대화가 들려왔다.

"여기 더 있기 싫다니까! 그 도둑이 이번엔 뭘 훔칠지 알고. 그냥 도둑이면 괜찮게, 살인마일지도 몰라!"

"과장이 심하십니다. 그래도 도둑을 잡는 건 보고 가야지요."

담이는 마개의 기호를 확인했다. ㅁ ㄴ. 이 방 주인은 범인이 아닌 것 같았다. 유주는 그 마개의 기호를 적고 옆에 X라고 표시했다.

사람들의 목소리를 찾아 듣는 일은 계획만큼 간단하지 않았다. 아이들이 헛되이 뚜껑을 열었다 닫았다 하는 동안 시간은 흘러갔다. 담이는 계획의 허점을 깨달았다. 일상적이고 단편적인 말로는 그 사람이 범인인지 아닌지 알 수 없다. 모든 방을 24시간 내내 들을 수도 없다. 몇십 개나 되는 파이프는 꼭 다문 입처럼 보였다. 저 중에서, 진실을 말해 줄 입이 있기는 할까?

김 감독과 박 기자의 목소리를 들은 것은 거의 한 시간이 지난 뒤였다. 김 감독은 끈적한 목소리로 화를 내고 있었다.

"……게시판을 정리했다가 그 쪽지가 나오면 곤란해지니까 이런 일을 꾸민 거지. 확인할 수 없도록! 끔찍하게 머리를 굴리는 인간이라니까!"

"정 교수님이 직접 가져가셨다니, 과대망상이로군요. 정 교수님은 열쇠가 있으신데 저렇게 무식하게 부수고 가져가실 리가 있나요?"

"박 기자, 참 순진하군그래. 정 교수가 연극을 꾸민 거라고!"

파이프는 쾅, 문 닫는 소리를 남기고 잠잠해졌다.

"역시 기분 나쁜 사람들이야. 그래도 범인은 아닌 것 같아. 아쉽네. 가장 유력한 용의자였는데."

유주가 말했다. 담이는 그 대화의 내용에 놀랐다.

'연극이라고? 그 부서진 유리와 없어진 쪽지가? 정 교수님은 걸음 보조기 없이는 방 밖도 못 나오시는 분인데 어떻게……'

담이는 생각에 잠겨 마개를 하나 열었다. 거기서 또렷한 목소리가 흘러나왔다. 양 할머니의 목소리였다.

"담아! 담아! 엄마 오셨다! 얘가 어딜 갔담? 해나래 씨, 담이 못 봤어?"

아빠도 아니고 엄마라니, 엄마는 외할머니 댁에 갔는데!

담이는 서두르느라 사다리를 헛디디고 복도에서는 넘어졌다. 마침내 엄마 앞에 나타났을 때는 머리는 산발이고 무릎에서는 피가 났으며 양손은 까맣게 더러워져 있었다.

"너 지금 뭐 하는 거니?"

엄마는 믿을 수 없다는 듯 담이를 위아래로 훑어봤다. 담이는 침을 꿀꺽 삼켰다.

"왜 집에 안 있고 여기 있냐고! 누가 이래도 된대! 왜 엄마한테 미리 말 안 했어!"

담이는 말문이 막혔다. 아빠가 엄마에게 말하지 않았다는 걸 담이도 짐작은 했다. 엄마가 알았다면 절대 허락하지 않았을 것이다. 그래서 일부러, 담이도 엄마와 통화할 때 그런 얘기는 하지 않았던 것이다.

"담이 어머니 오셨어요?"

해나래가 나타나 인사를 건네자마자, 엄마는 버럭 화를 냈다.

"이건 너무하시네요. 집에 보내셨어야죠!"

"아버님 허락을 받았습니다만……."

"애 아빠는 관심도 없어요! 애가 없으니까 집에서 혼자 편하고 좋았겠죠!"

담이는 엄마를 말리고 싶었다. 그게 아니라고 말하고 싶었다.

'아니에요, 엄마. 내가 여기서 얼마나 좋았는데요. 지금 그게 문제가 아니에요. 쪽지를 찾아야 한다고요! 정말 놀라운 방을 발견했단 말이에요……..'

그러나 말들은 목 안에서 굳어 버렸고, 엄마는 담이의 손을 붙들고 끌어냈다. 유주가 울 것 같은 얼굴로 대문까지 담이를 쫓아왔지만, 담이는 인사 한마디 못 하고 엄마 손에 이끌려 갈 수밖에 없었다.

그날 밤 늦게까지 엄마가 아빠에게 화를 내는 소리가 들렸다.

"당신은 당신만 중요하지! 애가 어떻게 되든 간에!"

"거기서 담이는 잘 지내고 있었다고⋯⋯."

"그걸 당신이 어떻게 알아? 애를 맡겨 놓고 나 몰라라 한 주제에!"

담이는 자리에 누워 하염없이 천장만 바라봤다. 매일같이 잠들던 담이의 방이었는데, 지금은 낯설었다.

'내가 있을 곳은 여기가 아니야. 내가 있을 곳은⋯⋯.'

그 집, 그리고 그 방. 소리가 모이는 방.

밤새 소리가 모이는 방의 꿈을 꾸고 나서 담이는 새벽에 눈을 떴다. 눈이 떠지자마자 담이는 벌떡 일어나 앉았다.

'열쇠! 열쇠가 어디 있지?'

담이는 어제 입었던 바지 주머니를 뒤졌다. 다행히 열쇠는 거기 잘 있었다.

'열쇠를 가져와 버렸으니 유주는 그 방에 들어가지도 못하고 있을 텐데⋯⋯ 돌아가야 해. 내가 없으면 안 돼!'

담이는 슬그머니 방문을 나섰다. 밖이 조용해서 엄마 아빠가 다 자고 있는 줄 알았는데, 엄마가 거실 소파에 앉아 있었다.

"담이 일찍 깼네. 아빠는 아직 주무셔."

엄마가 평온한 목소리로 말했다.

"어젠 엄마가 미안해. 너한테 그렇게 화낼 일이 아니었는데. 아빠가 널 제대로 안 보살필 게 뻔한데 두고 간 내 잘못이야."

'아닌데. 내가 거기 있고 싶었던 건데. 아빠 잘못이 아닌데.'

"애초에 비서니 뭐니, 하는 게 아니었는데 말이야. 오늘 수업은 빠지려고. 엄마랑 같이 있자. 뭐 맛있는 거 해 먹을까? 어디 가고 싶은 데 있니?"

엄마의 밝은 목소리가 왜 이리 부자연스럽게 들릴까. 언젠가 들어 본 적 있는 목소리. 아주 예전에, 함구증 때문에 상담을 받았을 때도 엄마가 이랬다. 네 잘못이 아니야, 엄마가 같이 있어 줄게, 뭐 하고 싶니?

'엄마, 내가 진짜 하고 싶은 건요.'

담이는 말을 삼켰다. 그러곤 물었다.

"엄마는 뭘 하고 싶은데요?"

"나? 우리 담이 하는 거 같이 하고 싶지."

엄마는 장난처럼 말을 받았다. 담이는 체한 것처럼 답답해졌다.

"난 그 집에 가고 싶어요."

"그건 안 돼."

칼 같은 대답이 돌아왔다. 그럴 줄 알았다.

'들어주지 않을 거면 왜 물어보는 거예요?'

"엄마 말 알아들었으면, 거기는 없던 일로 해."

이해할 수 없었다. 어떻게 일어난 일을 없던 일로 할 수 있을까. 바로 옆에 앉아 있는데도, 엄마가 느껴지지 않았다. 엄마와 담이 사이에 벽이 있는 것 같았다. 보이지 않는, 투명하고 얇은, 그러나 단단한 벽이.

담이는 이야기하고 싶은 게 많았다. 그 집에서 있었던 일과 게시판에 대해, 거기서 만난 친구에 대해서 말하고 싶었다. 그런데 시작도 하기 전에 포기하게 되는 건 왜일까. 귀 기울여 주지 않을 거라는 생각이 드는 이유는 뭘까.

오전 내내 담이는 집에 얌전히 있었다. 밀린 학원 숙제를 하고, 텔레비전을 조금 보고, 오랜만에 엄마가 차린 점심을 먹었다. 양할머니의 밥이 생각났지만 엄마에게 말할 거리는 아니었다.

담이가 아무 말 하지 않고 엄마의 말을 따르자 엄마는 안심한 것 같았다.

"오후 특강은 듣고 올게. 엄마 수업만 끝나면 바로 올 거니까, 저녁은 아빠랑 다 같이 외식하자."

모든 문제가 해결되기라도 한 듯 밝은 목소리였다. 담이는 그저 고개를 끄덕였다.

삑, 소리를 내고 현관문이 닫혔다. 담이는 문 안에 갇혔다. 집이 네모난 상자처럼 느껴졌다.

'원래 이렇게 답답했나?'

집이 작아서 답답한 게 아니었다. 하지 못한 말과 듣지 못한 말이 두껍게 쌓여 온 집 안을 채우고 있었다. 담이는 그 말들 틈에 껴서 숨도 제대로 쉴 수 없었다. 지금 생각나는 건, 하나밖에 없었다.

담이는 휴대전화를 책장의 책 사이에 꽂았다. 천천히 현관으로 가 신발을 신고 집을 나섰다. 걸음은 느렸다. 맞는 행동을 하고 있는 건지 확신할 수 없었다. 차라리 엄마에게 들켰으면 하는 생각까지 들었다.

버스를 타고 내려 골목을 지나 집의 대문 앞에 설 때까지도 담이는 다시 돌아갈까 고민하고 있었다.

"담아?"

철문이 열리고 해나래가 놀란 얼굴로 담이를 봤다.

"어제는 집에 가서 괜찮았니? 다시 와도 되는 거야?"

'저도 모르겠어요.'

담이는 문가에서 머뭇거렸다. 그때 유주가 나타나 다짜고짜 담이 팔을 끌고 안으로 잡아당겼다. 뜰의 한구석으로 담이를 데려 가면서 유주가 속삭였다.

"다행이다, 네가 안 올까 봐 얼마나 걱정했다고. 그냥 돌아가겠다는 사람, 쪽지가 어떻게 됐든 상관없다는 사람도 생기고 있어. 보물을 찾겠다며 문패 없는 방만 마구잡이로 열어 보려는 사람도 있고. 그러니까 우리 서둘러야 해!"

담이는 물끄러미 유주를 바라보다가, 마음에도 없는 말을 내뱉었다.

"……난 그만할래."

"무슨 소리야? 아마 지금 그 방에 가려면 좀 돌아서 가야 할 것 같아. 사람들이 볼지도 모르니까……."

유주는 담이 말을 한 귀로 흘렸다. 담이는 울컥 화가 났다.

"내 말이 말 같지도 않아?"

유주는 눈을 동그랗게 떴다. 담이는 속이 탔다. 스스로도 엉뚱한 데 와서 화풀이하고 있다는 건 알았다. 유주가 차가워진 얼굴로 물었다.

"엄마한테 많이 혼났니? 그래서 안 하려는 거야?"

"엄마 때문 아니야! 네가 뭘 안다고 그래?"

"갑자기 안 한다고 하면 뭐가 되니? 미적거리지 말고 빨리 와. 이미 늦었어."

"내가 네 부하야? 왜 명령을 해? 친구 사이에!"

말이 계속 나오는데도 가슴은 왜 더 답답해지는지 알 수 없는 노릇이었다.

"친구 따윈 필요 없어!"

유주가 확 소리를 질렀다.

얼굴이 빨개질 정도로 화가 난 아이들은, 앞뜰 이쪽과 저쪽에 떨어져 앉았다. 얇고 억센 풀들이 담이의 발목에 자잘한 상처를 냈다. 그늘 아래인데도 더웠다. 담이에게는 몇 가지 선택이 있었다. 그냥 집에 들어가 버리거나, 대문 밖으로 나가 버리거나, 아니면…… 유주에게 사과하거나.

"내가 말이 심했어."

담이 옆으로 유주가 와 서 있었다. 담이는 천천히 고개를 들었다. 그림자와 햇살이 유주의 얼굴에 아른거리고 있었다.

"……미안."

유주는 말했다. 담이는 눈물이 나는 걸 겨우 참았다. 유주가 한

풀 꺾인 목소리로 말하는 게 더 미안했다.

"담이 네가 가기 싫으면 안 가도 돼."

"……너 혼자 하게?"

"모르겠어. 혼자선 그 방에 들어가는 게 조금 무서워. 그래도 네가 못 하겠다면 나 혼자라도 해 봐야지."

유주가 솔직하게 말했다.

담이는 열쇠를 꺼내 손에 들었다. 손에 땀이 나서 열쇠가 손바닥에 착 달라붙었다. 이걸 유주에게 건네주고 돌아서면 이 집과의 인연은 끝이다……. 담이는 유주에게 열쇠를 건넸다. 손도 마음도 텅 빈 것 같았다.

유주는 그 자리에 그대로 서서 담이를 바라봤다. 작은, 그러나 견고한 목소리로 유주가 말했다.

"같이 가자."

바로 담이가 듣고 싶었던 말이었다.

11

◇◇◇◇◇◇◇◇◇◇◇◇◇◇◇◇◇

들은 말들과
한 말들

담이와 유주는 쥐들처럼 살그머니 움직였다. 집안 분위기는 어지러웠다. 열린 문으로 분주히 짐을 싸고 있는 사람들이 보였다. 여름 모임이 끝나 가고 있었다.

두 아이가 마개를 열어 소리를 듣기 시작한 지 얼마 지나지 않아 쾅쾅 문을 두드리는 소리가 났다.

"나야! 문 좀 열어 줘!"

유원이었다. 담이는 안도의 숨을 쉬었지만 유주는 고개를 홱 돌렸다.

"열어 주지 마."

"……저러다 다른 사람에게 들키면?"

유주는 입을 꼭 다물었다. 담이는 삐걱거리는 사다리를 타고 올라가 문을 열어 줬다. 유원은 짐짓 여유로운 얼굴로 들어왔지만 이내 눈이 휘둥그레졌다.

"아니, 이게 다 뭐야? 우아!"

사다리를 내려온 유원은 방방 뛰며 방 안을 돌아봤다. 담이가 몇

마디 설명하지도 않았는데 유원은 단번에 그 방의 의미를 파악했다.

"방에서 나는 소리가 들린단 말이지. 그럼 여기서 누가 무슨 말을 하는지 들을 수 있겠네? 와, 완전 도청 장치잖아? 나, 들어 보고 싶어. 민 선생 아저씨 방 기호가 뭐더라? 맞다, ㅇㄹ! 아직도 유령 때문에 떨고 있을지 궁금해."

유원의 말에 담이는 여태껏 생각하지 못한 것을 깨달았다.

"그러게. 도청 장치…… 사람들이 알면 좋아하진 않겠다."

자기가 하는 말을 누군가 몰래 숨어서 듣고 있다는 걸 알면 사람들은 어떻게 반응할까. 분명 긍정적이지는 않을 것이다.

소리를 이 방으로 모이게 하고, 그 한가운데 앉아 소리를 들었을 정 교수님……. 담이는 뭔가 알 듯 말 듯했다. 왜 이 방은 비밀이었을까? 왜 감췄고, 왜 알리려 했을까. 람이 마지막 문을 열고 발견한 장소는 왜 도시가 아니라 이런 방인 걸까.

"넌 여기 있지 말고 가서 복도를 지켜. 사람들이 이 방에 들어오지 못하도록. 우린 쪽지 가져간 범인을 찾아야 하니까."

유주가 유원에게 명령했다.

"소리를 들어서 범인을 잡겠다고? 내가 범인이오, 하는 사람이 어딨겠어. 거짓말인지 아닌지는 어떻게 알고."

"그건 우리가 알아서 해. 넌 가서 복도나 지키라고!"

"쳇, 나도 여기 있고 싶은데……."

유원은 투덜거리면서도 사다리를 잡았다. 못내 미련이 남았는지, 사다리에 발을 건 채로 뒤돌아 방을 둘러보며 미적대던 유원은 그만 발을 헛디뎌 우당탕 미끄러졌다. 그 바람에 안 그래도 약해져 있는 사다리가 우지끈 소리를 내며 부서지고 말았다.

"너! 이제 어떻게 올라가란 말이야!"

유주가 소리를 질렀다.

"사다리가 너무 낡아서 그런 걸 나더러 어쩌라고……. 어떻게든 하면 될 거 아니야……."

유원은 부러진 사다리를 이어 보려 하다가 남은 한쪽 기둥마저 부서뜨리고 말았다. 유원은 사다리 조각을 들고 앉은방아를 찧었다.

"이게 무슨…… 이제 우리 어떻게 나가?"

담이가 얼떨떨하게 물었다. 문은 2층 높이는 될 만큼 높은 곳에 있었고, 문까지 올라갈 사다리는 부서지고 말았다. 아이들은 이 방에 갇혀 버린 것이다.

"진유원 너 때문에 진짜!"

유주가 펄펄 뛰며 화를 냈다. 유원도 지지 않고 대꾸했다.

"처음부터 나가라고 안 했으면 됐잖아. 뭐든 누나 마음대로 하고! 나도 짜증 난다고!"

중간에 끼어 곤란해하던 담이는, 유원의 말에 멈칫했다.

"누나라니? 누나라는 말은 안 쓴다며?"

담이는 억울한 마음에 유원에게 소리쳤다. 유주는 기가 막히다는 듯 물었다.

"진유원이 그랬어? 거짓말을 한 거야. 쟨 습관적으로 거짓말을 해."

유주의 비난에 유원은 순식간에 얼굴이 붉어졌다. 담이는 어안이 벙벙해졌다. 설마, 한글을 읽지 못한다고 한 것도 거짓말이었을까?

"그럼, 친남매가 아니라는 것도 거짓말이야?"

"뭐? 그런 소리를 했다고? 나야말로 너랑 남매 하기 싫다고! 그래서 내가 쟤랑 말을 안 하는 거야. 하는 말마다 거짓말이라서."

유주가 날선 목소리로 말했다.

"가끔 그렇다는 건 나도 인정해. 하지만……."

유원은 얼굴을 붉히며 꿋꿋하게 말했다.

"뭐가 가끔이야!"

두 남매는 다시 싸우기 시작했다. 그러고 보니 싸우고 있는 둘은 판박이처럼 닮아 있어서, 담이는 거짓말을 믿은 자기가 더 바보같이 느껴졌다. 둘이 저러고 있으니 화낼 마음도 들지 않았다.

"그만, 그만 좀 해. 어떻게 할까, 해나래 언니에게 전화해서 찾으러 오라고 하는 게 낫지 않을까? 우리도 여기 계속 있을 수는 없잖아."

담이가 말하자 유주는 화가 덜 풀린 얼굴로 말했다.

"우린 휴대전화 없어. 네가 전화하든가."

담이는 주머니를 더듬다가, 휴대전화를 집에 두고 왔다는 사실을 뒤늦게 깨달았다. 휴대전화도 없고, 사다리도 부서졌다. 이제 아이들이 할 수 있는 일은 아무것도 없었다.

갇혔다는 두려움은 그리 크지 않았다. 사람들이 닥치는 대로 문을 열어 보고 있으니 조만간 누군가 이 문을 열긴 할 것이다. 정 교수의 이야기를 제대로 해석한 것도 아니고, 집의 규칙을 지키지도 않는 누군가가. 그 사람은 이 방을 보면 무엇이라 할까.

긴 여름 해가 지고 있었다. 높은 창으로 들어오는 햇살은 좀 더 짙어지고 붉어져서 파이프를 같은 색으로 물들였다.

"좀 있으면 불꽃놀이가 시작되겠네. 옥상에서 보려고 했는데……."

유원이 중얼거렸다.

담이는 묶었던 머리카락을 풀어 예전처럼 얼굴을 가렸다. 땀에 찬 머리카락이 목과 뺨에 달라붙었다. 생각하기 싫은 일이 슬금슬금 떠오르고 있었다.

어느새 담이는 유주와 유원에게 그 이야기를 하고 있었다.

"12월, 생일날이었는데, 친구들을 집에 불렀어. 엄마는 음식이랑 케이크랑 아이들에게 줄 선물까지 준비했고. 나름 친하다고 생각한 애들이었어. 혼자 잠깐 화장실에 다녀왔는데, 방문 앞에서 아이들이 하는 말을 들었어. 담이 걔 좀 이상하지 않니, 아무 말도 안 하고 있을 땐 좀 기분 나쁘지 않니, 하고."

그날의 아픈 감정이 되살아나서, 담이는 울컥하는 심정을 애써 눌러야 했다.

"그냥 못 들은 체했어. 거실에, 다른 엄마들이 몇 명 있었는데 그 옆에 가서 이야기를 듣는 척했지. 아이들이 돌아갈 때까지 멀쩍이 있었어. 나중에 어떤 애가 그러더라. 내가 들을 걸 알고 일부러 그런 거라고. 우리 집에 올 때 자기들끼리 얘기했대. 내가 너무 잘 참는다고, 화를 내는 거 보고 싶다고. 그래서 일부러 그렇게 말했다는 거야."

담이는 단숨에 거기까지 말하고, 숨을 가다듬느라 잠깐 멈췄다.

"나는 애들에게 화낸 적이 없어. 무서웠으니까. 나를 이상한 애로 볼까 봐 겁났으니까……. 그런데 화를 내지 않아도 이상한 아이가 되더라."

친구들은 나름의 충격요법이라고 했다. 담이를 위해서 그렇게 한 거라고. 그래서 아무 말도 할 수 없었다.

"그때부터였던 거 같아. 애들 앞에서 말이 잘 안 나왔던 게."

"지금이라도 그때 왜 그랬냐고, 기분 나빴다고 말하면 되잖아."

유원이 말하자 유주가 답답한 듯 대꾸했다.

"그게 안 된다는 걸 말하고 있는 거잖아, 지금."

친구들은, 사람들은 쉽게 말을 한다. 말을 하고 그 말에 실려 간다. 주고받은 대화는 서로 엮여 사람들을 어디론가 데려간다. 안녕, 뭐 먹었어? 아, 나도 그거 좋아해. 너 어제 그거 봤어? 진짜 웃기지…….

담이의 말은 너무 수줍고 움츠러들어 있어서 도무지 다른 말들에 섞이지를 못한다. 결국 담이는 혼자 남아, 자유로이 흘러가는 말들을 바라보기만 한다. 다른 방법이 있기는 할까?

"그래도 넌 마음에도 없는 말은 안 하잖아. 되는 대로 하는 말보단 훨씬 낫다고 생각해."

유주가 말했다. 그 말은 놀랍게도, 진짜 위로가 되었다.

"교수님도 그렇게 말씀하신 적 있어. 말은 언제나 어긋난다고. 하지만 그래도 말을 해야 한다고도 하셨어."

그 대화가 몇 년은 된 것처럼 아득하게 느껴졌다. 교수님이 했던 말은 어디로 간 것일까? 그 말들도 여기 이 방에 와서 듣는 사람 없이 고여 있었을까?

"우리 아빠, 아직 그 나라에 있어."

유주가 불쑥 말했다. 유원이 놀란 표정으로 유주를 봤다. 유주의 목소리는 담담했다.

"앞으론 엄마랑은 같이 살지 않을 거래. 나는 아빠와 함께 살고 싶었어. 여기로 돌아오고 싶지 않았어."

"나 때문이란 거지? 누나 그래서 나한테 화난 거잖아. 내가 한국 오겠다고 해서, 누나까지 오게 돼서……."

유원의 풀 죽은 목소리가 점점 작아졌다.

"누나가 돌아간다고 하면 아빠가 좋아할 거 같아?"

"이젠 아무 상관 없어."

유주는 일어나 파이프들 쪽으로 걸어갔다. 그 뒷모습은 유난히 작고 쓸쓸해 보였다. 담이는 일렁이는 마음으로 유주를 바라봤다. 위로하고 싶었지만 뭐라 말해야 할지 알 수 없었다. 할 말이 있는 데 못 하는 것과, 아예 할 말 자체를 찾지 못하는 것은 어떻게 다른 것일까.

'누구에게나 말 못 할 이야기가 있어. 유주와 유원에게도.'

담이는 자리에서 일어났다. 말을 못 하면 행동이라도 하고 싶었다. 이런 마무리를 기대하고 이 집에 돌아온 것은 아니었다.

'포기하지 않을 거야.'

담이는 파이프 앞을 왔다 갔다 하며 마개들을 열었다.

"그래 봤자 소용없다고."

유원이 한심하다는 듯이 말했다. 담이는 오기로 소리를 계속 들었다. 의미 없는 말. 소음. 왜 정 교수님은 이런 방을 만든 것일까? 어차피 사람들의 말은 뒤섞여 제대로 전달되지도 않는데.

ㄱ ㅌ, ㄹ ㅎ……. 마개의 기호들이 약을 올렸다. 아무리 해 봤자 답을 맞추진 못해, 넌 갇혀 버렸고 나갈 길은 없어……. 아니야! 담이는 속으로 소리를 질렀다. 그 순간, 손끝에 익숙한 기호가 걸렸다.

'ㅂ ㅁ. 이건 정 교수님 방 기호인데.'

무심코 그 마개를 열었을 때, 다른 파이프에서보다 훨씬 뚜렷한 목소리가 들려왔다.

"정 교수님, 사실을 말해 주세요."

고장 난 장난감처럼 축 늘어져 앉아 있던 유주와 유원이 몸을 벌떡 일으켰다. 까끌까끌한 목소리, 박 기자였다.

"교수님의 마지막 작품은 어디에 있죠? 발표하지 않은 진짜 원고 말이에요."

"지금껏 뭘 봤나? 게시판에 붙이지 않았나?"

이건 정 교수의 목소리가 분명했다.

"저더러 그 말을 믿으라고요? 전 교수님을 잘 알아요. 겨우 저런 말장난으로 마무리 지으실 분이 아니잖아요!"

"……나를 안다니. 나도 나를 모르는데 자네가 어떻게 날 안단 말인가."

"박 기자, 그만하라고. 미발표 원고 같은 건 없어."

김 감독의 둔탁한 목소리가 끼어들었다.

"저 사람까지 정 교수님을 만나러 간 거야? 저기, 교수님 방 맞지?"

유원이 속삭였다. 담이는 알 수 없는 긴장감에 몸이 굳었다. 해나래나 양 할머니가 저들이 정 교수를 만나도록 허락했을 리가 없다. 설마 몰래 찾아간 걸까?

김 감독은 정 교수를 몰아세우듯 말을 퍼부었다.

"자, 정 교수님. 제가 묻고 싶은 건 다른 겁니다. 누구에게 게시판 유리를 깨고 증거를 없애라고 시키셨습니까? 아주 대단한 연극을 펼치셨습니다그려."

"깨지다니? 게시판 유리가? 그게 무슨 소리인가!"

정 교수의 목소리가 흔들렸다.

"저 얘기를 하면 어떻게 해! 겨우 숨기고 있던 건데!"

유주가 발을 굴렀다. 담이는 할 수만 있다면 당장 저 방으로 가서 저 사람들을 끌어내고 싶었다. 그러나 아이들은 이 방에 갇혀 있었다.

"스스로 밝히실 마음은 없으시겠지요. 그럼 묻겠습니다. 신 박사님이 교수님 아이디어를 훔쳤다고 생각하십니까?"

"……아닐세. 나도 그렇게 생각하지 않아."

"허, 그럼 왜 그때는 아무 말 하지 않으신 거지요?"

"그때는…… 나도 경황이 없었고……."

정 교수의 목소리가 마구 흔들리더니, 컥컥하는 고통스러운 기침 소리에 묻혔다. 담이는 몸을 일으켰다. 너무 조바심이 나서 듣고 있기도 힘들었다.

"큰일이야! 저 나쁜 놈들이 정 교수님을 괴롭히고 있잖아! 빨리 누군가에게 알려야 해!"

유주가 유원을 노려봤다.

"진유원 너 때문에 밖에 나가지도 못하고! 도움을 청해야 하는데……"

"어떻게든 해 볼게, 어?"

유원은 부러진 사다리 밑으로 탁자를 끌고 가 끙끙대며 그 위에 소파를 올려놓았다. 거기다 둥근 의자까지 겹쳐 쌓은 유원은 맨 위로 기어 올라갔다. 문턱에 손이 닿을 것도 같았는데, 아슬아슬하게 균형을 이루던 의자들이 삐끗, 한순간에 무너지고 말았다. 유원은 의자와 함께 벽에 부딪쳤다.

"으악!"

그게 끝이 아니었다. 그 정도 충격도 견디지 못할 만큼 낡아 있던 나무 벽이 쫙 하는 소리와 함께 갈라졌다. 먼지와 나무 부스러기가 우수수 쏟아졌다. 세 아이는 정신없이 기침을 하고 담이는 눈물까지 흘렸다.

"콜록콜록! 진유원 너 정말!"

"아이고, 나 아프다고! 좀 봐줘, 등에서 피나는 거 같아……."

유주가 화내는 목소리, 유원이 신음하는 소리. 그리고 유주나 유원이 아닌 다른 목소리가 들렸다.

"거기 누구냐! 이게 무슨……."

담이는 눈물로 흐려진 눈을 들었다. 갈라진 벽 틈 사이로 사람의 얼굴이 보였다. 하나, 아니 둘. 그 사람들이 벽을 밀자 썩은 나무 벽은 큰 소리를 내며 넘어갔다. 그 너머로 침대에 걸터앉은 정 교수가 보였다.

'정 교수님이 왜 저기 있지?'

벽 이쪽과 저쪽, 누구도 아무 말 못 한 채 짧고도 긴 침묵이 흘렀다. 이렇게 어렵게 찾아낸 방이, 담이가 매일같이 드나들던 방 바로 옆에, 벽 하나를 사이에 두고 있었다니!

가장 먼저 정신을 차린 것은 김 감독이었다. 그는 벽을 마저 뜯고 소리가 모이는 방으로 들어왔다.

"이게 다 뭐야?"

대뜸 마개를 열어 본 김 감독은 대번에 방의 정체를 파악했다.

"박 기자, 이것 봐! 도청을 하는 방이야! 이거 진짜 대박인데!"

김 감독은 닥치는 대로 방 구석구석 사진을 찍었다. 찰칵, 찰칵, 찰칵! 김 감독의 카메라 셔터 소리가, 화살처럼 방 곳곳에 박혔다.

"일단 증거는 확보했어. 이 정도면 경찰을 불러도 되겠어. 고소도 가능할걸! 우리 모두를 도청하고 있었다니…… 이거 특종인데! 정인후 교수의 숨겨진 비밀! 그의 창작의 원천!"

정 교수는 떨리는 목소리로 말했다.

"이 방에 대해 알리려 했어. 믿지 않겠지만……. 그래서 그 이야기를 쓴 걸세."

"이야기? 무슨 이야기 말이죠?"

박 기자가 허탈하게 물었다. 박 기자는 김 감독처럼 흥분하지도, 기뻐하지도 않는 것 같았다. 차라리 서글퍼 보였다.

"게시판에 붙은 벽 이야기요. 사실이에요. 우리도 그걸 해석해서 이 방을 찾아낸 거예요."

유원이 말했다. 그러나 김 감독은 그 말을 듣지도 않았다.

"그럼 표절을 한 건 신 박사님이 아니라 정 교수님이었어! 아귀가 딱딱 들어맞아! 그때 여름 모임에 신 박사님이 왔을 때, 여기서 신 박사님의 말을 훔쳐 들었지요? 그러곤 자기 생각처럼 포장해서 낸 거 아닙니까!"

"아니야……. 그건……."

정 교수가 가냘픈 목소리로 부인했다. 김 감독은 정신없이 혼잣말을 했다.

"그러고 보니, 그때도 이 방에서 엿들으셨군? 다들 내가 고자질을 했다고 몰아갔지. 난 결백해! 이 방이 그 증거야!"

박 기자가 김 감독에게 말했다.

"그만둬요. 이런 식으로 정 교수님의 명성을 더럽힐 순 없어요."

담이에게 가느다란 희망이 보였다.

'박 기자 아줌마를 믿으면 될까? 그래, 정 교수님의 작품을 그토록 아끼던 박 기자 아줌마였으니까…….'

그런데 박 기자는 정 교수 앞으로 허리를 굽히더니 물었다.

"이런 건 중요하지 않아요. 정 교수님, 미발표 원고는 어디 있죠? 그것만 주시면 이런 방 같은 건 묻어 드릴게요……."

"무슨 정신 나간 소리야! 기자란 사람이 뻔한 진실을 덮으려 들다니!"

김 감독이 버럭 소리를 질렀다. 두 사람은 말다툼을 하느라 아이들에 대해서는 잠시 잊었다. 그 틈을 탄 유원이 거실로 나가는 방문 쪽으로 뛰어가려 했지만, 박 기자에게 팔을 붙잡혔다.

"쓸데없는 짓 하지 마라! 사람들이 와서 이 방을 보면 뭐라고 하겠니? 너희도 잘 알아 둬라. 이건 평생 비밀로 할 일이야! 그게 교수님의 명예를 지키는 길이라고!"

정 교수는 고개를 저었다. 협탁에 놓인 램프의 불빛이 정 교수의 얼굴에 빛과 그림자를 드리웠다.

"아니. 어차피 다 밝히려 했던 일인 것을. 얘들아, 사람들을 부르렴."

아이들은 그 말에 따르지 못하고 침묵했다. 박 기자의 말이 그럴듯하게 느껴졌던 것이다.

마치 벽 앞에 선 것처럼 옴짝달싹할 수 없는 상황에서, 담이는 람을 생각했다.

'열쇠…… 열쇠를 찾아야 해. 이 벽을 넘어갈 수 있는 열쇠를. 누가 정 교수님을 도울 수 있지?'

그때 램프 불꽃의 움직임이 담이의 눈을 사로잡았다. 반짝, 생각이 떠올랐다. 담이는 마음을 정하고 천천히, 그러나 확실하게 파이프 쪽으로 뒷걸음질 쳤다.

"너 뭐 하는 거니? 거기 건드리지 말고 이리로 와!"

박 기자가 째지는 소리로 외치자 김 감독이 말했다.

"됐어, 내버려 둬. 사다리가 있었나 본데 이미 부러졌고 그 외엔 나갈 길이 없다고."

'맞아요, 나갈 문은 없지요. 하지만 이 방은 다른 방들과 이어져 있어요.'

담이는 속으로 대답했다. 그러곤 눈여겨본 하나의 마개를 뽑고는 파이프 구멍에 대고 있는 힘껏 소리를 질렀다.

"정 교수님 방에 도둑이 들었어요! 도와주세요!"

소리가 이 방으로 온다면 가기도 할 것이었다. 담이의 목소리가 이 파이프를 타고, 연결된 방으로 간다면······.

"무슨 짓이야! 너!"

박 기자가 담이를 확 밀치고 거칠게 마개를 닫았다.

"이 사실을 다 알릴 참이냐? 그게 교수님을 위한 일일 거 같아?"

다는 아니더라도 누군가는 알아야 했다. 정 교수를 도울 수 있는 단 한 사람, 그 사람이 담이의 부름을 들었을까? 듣고 여기로 와 줄까?

"무슨 일이냐!"

창문이 벌컥 열리고, 날렵한 그림자가 방 안으로 뛰어 들어왔다. 서씨 할아버지였다. 담이는 안심이 되어 다리가 휘청거렸다.

서씨 할아버지는 부서진 벽을 보고 놀라더니, 눈을 부릅뜨고 곧

장 김 감독에게로 걸어왔다. 키는 한참 작았지만 어찌나 기세가 등등하던지 김 감독은 주춤거리며 뒤로 한 걸음 물러섰다.

"여기서 뭐 하는 거요! 당장 나가!"

김 감독과 박 기자가 순순히 물러나리라고 생각했던 건 지나치게 낙관적인 상상이었다. 김 감독은 안경을 추켜올리더니 맞서 쏘아붙였다.

"이 사태에 책임이 있는 사람이 한 명 더 나타났군. 몰랐을 리가 없겠지요, 이 집의 설계부터 함께했으니. 이 도청 장치를 만든 것도 아저씨 맞죠? 어떻게 책임질 겁니까, 네?"

서씨 할아버지는 꿈쩍도 하지 않았다.

"당장 이 집에서 나가시오! 나가서 뭐라 지껄이든 상관없어. 아무도 그 말을 믿지 않을 테니."

"하! 여기 증거가 다 있는 건 어쩌시려고요?"

김 감독이 손에 카메라를 들고 달랑달랑 흔들었다. 서씨 할아버지의 얼굴이 사납게 변했다. 할아버지가 팔을 뻗어 카메라를 잡아당겼다.

"내놔!"

김 감독은 뺏기지 않으려고 몸부림을 쳤다. 두 사람은 뒤엉켜서 책상에 부딪쳤고, 책상은 시끄러운 소리를 내며 밀려났다. 그 바람에 침대 옆 협탁에 놓여 있던 기름 램프가 침대에 툭 떨어졌다.

램프에 담겨 있던 기름이 이불 위에 쫙 뿌려졌고, 파란 불꽃이 순식간에 기름을 타고 타올랐다.

"불이야!"

불은 낡은 책과 종이, 커튼으로 옮겨 붙었다. 방 안은 매캐한 연기로 뒤덮였다. 담이는 두 손으로 입을 막았지만 기침이 터져 나왔다.

유원이 달려가 방문을 열고 소리를 질렀다.

"불이야! 정 교수님 방이에요! 도와주세요!"

담이는 이제 눈도 뜨지 못할 지경이 되었다. 바닥에 엎드려 눈물을 줄줄 흘리며 기침을 하는 담이를, 누군가 잡고 바깥으로 끌어냈다.

12

×××××××××××××××××

벽은
곧 세상

불은 방과 거실을 덮고 다른 방으로도 번졌다. 정 교수 방에 있던 사람을 비롯해서 집 안의 사람들 모두, 비단이와 반디까지 빠져나온 것이 천만다행이었다.

소방차는 금방 왔다. 소방관들이 불길을 잡으려 애쓰는 사이, 모두는 골목에 서서 멍하니 불타는 집을 올려다봤다. 연기가 이제 막 어스름히 지는 저녁 하늘 위로 구름처럼 퍼져 나갔다.

펑! 펑!

이 난리와 상관없이 공원에서는 불꽃놀이가 시작되어 빨갛고 하얀 불꽃들이 하늘에 흩뿌려졌다. 너무 놀라면 오히려 담담해지나 보다. 연기 사이로 꽃처럼 피어나는 불꽃을 보면서, 담이는 아름답다고 생각했다.

불길 속에는 게시판과 나머지 쪽지들도 있었다. 그것까지 챙길 겨를이 없었던 것이다.

곧 응급차가 도착해 정 교수를 모셔 가고, 아이들을 비롯해 집에 있던 사람들도 병원 응급실로 갔다. 가벼운 화상을 입은 사람, 연기를 마신 사람……. 시장 바닥처럼 북적대는 응급실 저편에서 익숙한 목소리가 들려왔다.

"담아! 담아!"

엄마가 얼마나 우는지, 담이까지 눈물이 났다. 치료를 받은 담이는 엄마의 품에 꼭 싸여 집으로 돌아왔다. 엄마는 혼내지 않기로 한 모양이었다. 그랬다간 역효과가 날 거라는 전문가의 조언이라도 들은 것인지, 아니면 담이를 정말로 이해해 준 것인지는 몰랐지만 담이로서는 다행이었다. 담이도 이미 충분히 미안해하고 있었으니 말이다.

집에서 일어난 화재 사고는 텔레비전에도 나왔다. 담이는 뉴스를 통해 집이 거의 불타 버렸다는 것과 큰 부상을 입은 사람은 없다는 것을 알았다. 정 교수는 병원에 입원했고, 집은 그대로 철거될 예정이라고 했다.

'결국 지키지 못했어.'

담이는 아쉽고 슬픈 마음에 고개를 숙였다. 그 집에 무엇이 있든, 무엇이 있다고 믿었든 이제는 다 사라져 버렸다. 기록되지 않은 말처럼, 듣고도 잊어버린 이야기처럼.

엄마와 아빠는 그 집에 대해선 한마디도 하지 않았다. 담이의 집에서는 그 집과 정 교수에 대한 말이 금지어가 되어 버렸다. 그러나 담이의 바지 주머니에는 여전히 그 방의 열쇠가 들어 있었다.

그 모든 일이 있고서 일주일이 지난 후에야 담이는 입원한 정 교수를 만나러 갈 수 있었다. 엄마와 함께였다. 해나래가 엄마에게 몇 번이나 부탁해서 얻은 기회였다.

"정말 고맙습니다. 정 교수님께서 담이를 꼭 보고 싶다고 하셔서요. 주무신 지 두 시간쯤 되셨으니까 곧 일어나실 겁니다."

해나래는 그동안 마음고생이 심했는지 얼굴이 까칠해져 있었다. 엄마와 해나래가 복도 끝에서 이야기를 나누는 동안, 담이는 병실 앞 의자에 앉아 있었다. 땡 하는 소리와 함께 엘리베이터가 열리더니 서씨 할아버지가 나왔다.

담이와 서씨 할아버지는 잠시 말없이 서로를 바라봤다. 서씨 할아버지도 아주 초췌하고 피곤해 보였다. 서씨 할아버지가 담이 옆에 털썩 앉았다. 담이는 묻고 싶은 게 많았다.

"할아버지는, 다 알고 계셨던 거죠? 그 방과…… 파이프들이요."

서씨 할아버지는 순순히 대답했다.

"내가 만들었지, 정 교수님의 뜻에 따라서. 그 집은 내 마지막이자 최고의 작품이었어. 머릿속에만 들어 있던 것을 끄집어내어 현실로 만들었을 때…… 그때의 환희는 누구도 알지 못할 거다. 그건, 그렇게 폄하될 게 아니었어."

서씨 할아버지의 말끝이 떨렸다.

바쁘게 오가는 간호사들 사이로 이쪽을 돌아보는 엄마가 보였다. 걱정하는 것일까. 당장이라도 이쪽으로 올 듯했다. 시간이 별로 없었다.

"누가 쪽지를 가져간 걸까요?"

담이의 질문에 서씨 할아버지는 깍지 낀 두 손에 힘을 주더니 무겁게 입을 열었다.

"게시판의 유리를 깬 건 나다."

담이는 깜짝 놀랐다. 역시 그랬구나!

"쪽지를 읽고, 정 교수님이 그 방을 밝히려 한다는 걸 깨달았어. 충동적으로 손이 나갔어. 그건, 우리의 비밀이었으니까. 비밀이 밝혀지고 집이 난도질당하는 건 참을 수 없었으니까."

"그럼 쪽지도 가져가셨어요?"

"아니다. 가져가지 않았어. 유리가 깨지고 나서 정신을 차리고 바로 자리를 떠났지. 누가 그 구멍으로 쪽지를 가져간 건지는 몰라. 이젠 밝힐 수도 없겠구나."

병실 안에서 기침 소리가 났다. 서씨 할아버지가 몸을 일으켰다.

"정 교수님이 일어나신 모양이야. 들어가 보렴."

병원 침대에 폭 파묻히듯 누운 정 교수는 갑작스레 늙어 버린 어린아이 같았다. 가습기에서 퐁퐁 하얀 수증기가 피어나 정 교수의 머리 주위를 맴돌았다. 담이는 침대 옆 간이의자에 앉았다. 정 교수는 찬찬히 담이를 살피듯 바라보다 물었다.

"거긴 어떻게 들어간 거니?"

"유주가 그 문에 대해 알아냈어요. 열쇠는 유원이가 같이 찾았고요."

정 교수가 헛웃음을 지었다.

"누가 그 이야기를 풀어낼까 조마조마했는데, 너희들이었구나."

"죄송해요……."

담이는 정확히 이유도 알지 못하고 용서를 빌었다.

"아니, 아니다. 다른 사람들은 관심도 없었던 거야, 그렇지? 그래도…… 이렇게라도 밝혀졌으니 됐어."

정 교수는 길게 숨을 내쉬었다.

"젊을 때는 사람들 목소리를 찾아다녔지. 정류장이나 가게, 버스……. 그렇게 말을 수집해 작품의 재료로 삼았어. 사고가 나고, 다시는 예전 같은 자유를 누릴 수 없다는 걸 깨달았을 땐 죽을 만큼 괴롭고 답답했다. 다른 무엇보다, 생생한 말을 들을 수 없다는 것 때문에. 텔레비전이나 라디오에서 나오는 다듬어진 말들로는 부족했어. 그래서 이 집을, 그 방을 지은 거야. 아무렇게나 섞이는 소리들에서 의미를 찾아보려고 했어."

파이프에서 흘러나오는, 자신을 향한 것이 아닌 말들. 거기서 의미를 그러모으려 했던 정 교수. 외롭고도 외롭지 않은, 풍요롭고 동시에 가난한 그 모습을 담이는 막연하게나마 그려 볼 수 있었다.

"사람들의 소리를 듣고, 내 생각을 써서 게시판에 붙이고, 다시 사람들이 하는 말을 듣고……. 그 방은 집의 커다란 귀였고, 게시판은 입이었어. 난 내가, 그것들을 다 다룰 수 있다고 생각했지. 그러다…… 그 일이 생긴 거야. 내 친구의 글과 내 글이 같아진 것. 내가 정말 그 친구의 생각을 훔친 거였을까? 우연히 겹친 것이었을까? 두려워졌다. 한 줄도 쓸 수 없었어. 내가 또 누군가의 것을 훔치고 있는 것일까 봐서. 나 자신을 믿을 수가 없었으니까."

정 교수는 격한 목소리로 말하고 숨을 골랐다.

"그래도, 그 이야기를 쓰셨잖아요. 그 방에 대해 밝히려고 하셨잖아요."

"그래, 썼지. 그렇게 숨기고 숨겨서. 누군가 알아보지 않기를 속으로 바라면서. 정말로 치졸하게."

이야기 속에 숨겨진 암호. 방들 사이에 숨겨진 방. 밝혀지기를 바라는 비밀과 찾아 주길 바라는 보물…….

"네게 오지 말라고 했던 날, 정말 오랜만에 그 방으로 갔지. 서 선생이 날 옮겨 줬어. 그거 아니? 나조차 그 방이 바로 내 방 옆인 줄 몰랐어. 늘 빙빙 돌아 들어갔지."

정 교수가 헛웃음을 지었다.

"방들이 비어 있다는 걸 잘 알면서도 나는 마개들을 모두 열고 그 자리에 머물렀지. 침묵에 귀 기울이면서. 그런데 갑자기 소리가 터져 나온 거야. 누군가 어떤 방에서 울고 있더구나."

쫓겨났던 날, 말도 제대로 못 하는 스스로가 싫어서 아무 방이나 찾아가서 소리를 질러 댔던 날……. 정 교수가 담이의 말을 듣고 있었다니!

"그때, 네게 말을 해야겠다고 생각했다."

드디어 정 교수가 자기를 다시 부른 이유를 알게 된 담이는 어쩐지 먹먹해져서 가만히 앉아 있었다.

"그 방에서 들은 말 때문에 뭔가를 한 건 그때가 처음이었어. 도움이 필요하다는 대화를 듣고 돕고 싶은 적도 많았지만 그렇게 하

지 못했지. 내가 듣고 있다는 것을 알리고 싶지 않았으니까. 이제
는 다 후회로 남았구나."

그렇다면 담이는 교수님의 후회일까, 아닐까. 담이는 눈물이 차
오르는 것을 참느라 눈을 깜박였다. 병실 문이 드르륵 열리더니 해
나래와 간호사가 들어왔다.

"혈압 재실 시간이에요. 곧 의사 선생님 회진 오실 거구요."

담이는 정 교수의 야윈 손을 꼭 쥐고는 병실을 나왔다. 서씨 할
아버지는 복도 끝 창가에 서서 밖을 내다보고 있었다. 담이는 속으
로만 인사를 건네고 뒤돌아섰다.

"우리 팥빙수라도 먹고 들어갈까?"

엄마가 애써 밝게 말했다.

방금 정 교수와 나눈 대화를, 엄마에게 말하지는 못할 것이다.
아직도 담이와 엄마 사이에는 벽이 있다. 하지만 빙빙 돌아서라도
그 방으로 가는 문을 찾을 수 있을지 모른다. 벽은 생각보다 얇을
지도 모른다. 담이는 엄마의 손을 잡았다.

"그래요, 엄마."

정 교수가 다시 담이를 찾은 것은 늦더위가 여름 끝자락을 잡고
늘어진, 9월 첫 주 토요일이었다. 퇴원을 한 정 교수는 불타 버린
집 대신 양 할머니의 집에 머물고 있다고, 해나래가 전화를 해서
알려 줬다. 담이는 엄마에게 말하지 않았다. 그저 영어학원으로 향
하는 대신, 해나래가 말해 준 주소로 찾아갔다.

불탄 집 골목 어귀의 빌라였다. 저 멀리 익숙한 대문과 나무가 보이자 가슴이 쿵쿵 뛰었다. 그러나 집이 있던 자리에는 푸른 천막이 쳐 있었다.

"어서 오렴."

양 할머니가 현관에서 담이를 맞았다. 할머니 뒤로 유주가 고개를 쏙 내밀었다. 반바지에 반팔 티셔츠, 평소와는 다른 차림이었다.

"너 치마 안 입은 거 처음 본다."

오랜만에 만난 유주가 반가우면서도 조금 어색해서 담이는 괜한 말을 했다. 유주는 픽 웃었다.

제학이 거실 소파에 앉아 있다가 담이를 보고 벌떡 일어났다. 그새 살이 더 빠졌는지 볼에 그늘이 져 보였다. 해나래가 담이에게 말했다.

"저기, 작은방에 정 교수님이 계셔. 아직 이야기가 남았다고 하시더라. 너한테 말해 주고 싶다고 하셨어."

짐작도 못 한 일이라서 담이는 숨을 들이켰다. 이야기는 그걸로 끝나 버린 줄 알았는데…….

작은방에 정 교수가 요를 깔고 누워 있었다. 이제는 앉아 있을 기운조차 없어 보였다. 집을 떠난 정 교수는 보통 할머니 같았고 어딘가 애처로웠다.

"왔구나. 끝까지 네게 신세를 지게 됐다."

담이는 정 교수 옆에 놓인 작은 상을 끌어다 그 앞에 앉았다. 상 위에는 이미 종이와 만년필이 놓여 있었다. 정 교수는 누운 채로 담이에게 말했다.

"이제 이야기를 완성하자꾸나."

***

람은 문을 열고 안으로 들어섰다. 그 안은 도시가 아니었다. 하나의 방이었으며 무척 시끄러웠다. 소리들이 그 안을 채우고 있었다. 작게 속삭이는 소리, 크고 우렁찬 소리, 웃음소리, 울음소리, 첨벙이는 소리, 갈라지는 소리……

바로 벽들의 소리였다.

핑을 발견한 나무로 된 벽, 미로로 된 벽, 거인이 막고 있던 벽, 물로 된 벽, 어둠의 벽……. 거기 사는 이들의 소리가 이 방에 모여 있었다. 람은 소리모음방 한가운데 서서, 소리를 들었다.

"이걸 들으러 여기까지 온 건가. 결국 도시는 없었어."

람은 슬프지는 않았다. 다만 허무했다.

쾅!

문에 뭔가 세차게 부딪쳤다. 람은 지금까지 람을 쫓아온 것이 문 뒤에 있다는 것을 알았다.

"문을 열 거야."

람은 핑에게 속삭이곤 뒤돌아서 문을 열었다.

거센 바람이 람의 온몸에 와서 부딪쳤다. 람은 휘청거렸지만 넘어지지는 않았다.

그 바람에 실려, 람의 조각들이 다시 람에게로 돌아왔다. 벽을 넘으며 조금씩 어려졌던 람은 순식간에 나이를 먹었다. 키가 크고, 허리가 굽고, 머리는 하얗게 세었다.

바람이 잠잠해지자 문밖의 풍경이 드러났다. 지금까지 봤던 그 모든 벽이 한눈에 보였다.

"저거야."

람은 조용히 말했다. 놀라운 깨달음과 환희가 람 안에서 솟아올랐다.

"지금까지 지나온 벽들이 도시였어. 벽의 사람들이 모두, 도시의 주민이었어!"

람은 결국 자신이 원하던 것을 얻었음을 알았다. 도시를 찾았으며 도시에서 삶을 보냈다. 벽을 넘으며 보낸 시간이 바로 람의 인생이었다.

"돌아가야겠어."

람은 핑을 향해 미소를 짓고는 문으로, 도시로 걸어 나갔다.

***

담이는 만년필을 놓았다.

"도시는 정말로 없었네요."

"실망스럽니?"

그야 당연하지 않은가. 람은 도시에 가기 위해 그 많은 벽을 어렵게 지났다. 하지만……

"그 벽들도 멋있는 것 같아요."

그 벽들이 곧 도시였다는 것은, 담이가 단번에 이해하기에는 어려웠다. 아쉽기도 했다. 그래도 담이는, 이 이야기는 이렇게 끝날 수밖에 없다는 것을 느꼈다.

정 교수는 아득한 표정으로 천장을 보고 있었다. 새삼스레 정 교수의 얼굴에 파인 깊은 주름과 더 뚜렷해진 검버섯이 담이의 눈에 들어왔다. 정 교수는 곧 세상을 떠나게 된다. 담이가 중학생일 때, 아니면 고등학생이 됐을 때. 아직은 까마득했다.

"언제나 나를 둘러싼 벽들 때문에 괴로워했지. 벽을 넘고 나서 새 인생이 펼쳐지길 기대했어. 하지만 그 벽들이 바로 내 인생이었어. 벽을 넘어가는 순간들이 내 삶인 거야. 이제 이야기를 붙일 게 시판도 없지만 이걸 말하고 싶었어."

담이는 그 말을 곱씹어 봤다. 말만 편하게 할 수 있으면 모든 게 달라질 줄 알았다. 딱 알맞은 말을 찾으면 쉽게 문을 열 수 있는 줄 알았다. 하지만 어쩌면 문을 애써 열 필요가 없었던 걸까. 그 괴롭고 답답한 순간들이 이미 담이의 인생이었던 걸까.

"예전에 알았으면 좋았을 거예요."

담이는 한숨을 쉬면서 말했다.

전혀 예상치 못하게 정 교수가 웃음을 터뜨렸다. 정 교수는 가냘픈 어깨를 들썩이며, 나중에는 기침까지 하며 웃었다. 담이는 어리둥절했다. 정 교수는 거의 눈물을 흘릴 지경이 되어 겨우 말했다.

"예전에, 예전에? 네가 더 어렸을 때 말이니? 맙소사! 몇 살이라 했지? 열세 살? 열네 살? 지금도 충분히 일러! 아직 한참 몰라도 된다고!"

정 교수는 기침을 했고, 담이는 서둘러 정 교수를 부축해 물을 마시게 했다. 정 교수는 다시 누워 머리를 짚었다. 야윈 손 밑에서 목소리가 흘러나왔다.

"하긴…… 그 십 몇 년이 네게는 평생이니까."

잠이 든 것처럼 말이 없어진 정 교수 옆에 잠시 앉아 있다가, 담이는 작게 작별 인사를 속삭이고 방을 나왔다.

담이가 쪽지를 내밀자 모두 그것을 돌려 가며 읽었다. 해나래가 담이 어깨를 두드렸다.

"수고했다, 담아."

양 할머니는 오랜만에 모두에게 밥을 해 주겠다며 주방으로 향했다. 곧 부엌에서 맛있는 냄새가 풍겨 오기 시작했다.

해나래는 박 기자와 김 감독에 대해 알려 주었다. 김 감독은 집에 있었던 그 방의 존재를 주장했지만 자료가 될 카메라는 불에 탔고, 박 기자가 입을 다물고 있어 별다른 진전은 없다고 했다.

"어땠니, 그 방은?"

해나래는 묻자마자 고개를 저었다.

"아니야, 말하지 마. 그냥 전설로 놔둘래. 신 박사님 문제에 대해선 정 교수님이 자기가 나중이라고, 신 박사님이 표절한 게 아니라고 밝히셨어. 박 기자 언니가 기사를 쓰기로 했고. 언젠가 그 언니가 그 방 이야기부터 해서 모든 이야기를 쓸 수도 있겠지. 김 감독이 할 수도 있고."

"그렇다면 벽 이야기도 포함해야 해요. 정 교수님이 그 방에 대해 밝히려 했다는 것도요."

"하지만 정 교수님의 이야기는 사라졌으니……."

담이와 유주가 기억하고 있는 것만으로는 모자랄 것이었다. 정 교수의 목소리를 다시 복원할 수는 없는 것일까.

"사실은……."

소파에 웅크리고 있던 제학이 말을 꺼냈다.

"내가 가지고 있어. 게시판에서 사라진 쪽지."

담이는 귀를 의심했다. 제학 오빠가? 쪽지를? 해나래와 유주가 동시에 외쳤다.

"뭐라고? 제학아, 어떻게 그럴 수가 있어!"

"서씨 할아버지가 게시판 유리를 깼다더니, 쪽지 도둑은 오빠였군요!"

"게시판 유리가 깨져 있는 걸 봤어요. 그대로 뒀다간, 안 그래도 사람들이 게시판을 노리는데 누군가 가져갈지도 모르잖아요. 그게 싫었어요. 그래서 나도 모르게……. 정신을 차려 보니 쪽지를 한 움큼 쥐고 있더라고요."

그러고 보니 서씨 할아버지는 누가 가져갔냐고 물었고, 제학은 누가 깨뜨렸냐고 물었다. 두 사람이 반반씩 저지른 일이었던 것이다.

"그럼 그 쪽지들이 아직도 오빠한테 있단 말이에요?"

유주의 질문에 제학은 울상을 하고 고개를 끄덕였다.

"불이 났을 때 빠져나오면서 반 정도만 챙겨 왔어. 지금도 가방에 있다고. 이제 어쩌지?"

"저한테 주세요."

담이가 말했다. 작지만 반짝이는 것, 작은 희망 같은 것이 담이 안에서 피어났다.

"제가 다시 쓸게요. 빠진 부분은 채우면 돼요. 많이 기억하고 있어요."

"내가 도와줄게. 물론, 네가 도움이 필요하다면."

유주가 제안했다. 담이는 손가락을 입술에 대고 생각했다.

"다시 쓴다면 그건 그 이야기이면서도 그 이야기가 아닐 거야. 그런 것도 괜찮을 거 같아."

담이의 말에 제학은 큰 짐을 내려놓은 것처럼 숨을 깊이 내쉬었다. 해나래는 웃는 듯 마는 듯한 표정으로 제학의 등을 토닥였다.

오랜만에 양 할머니의 비빔밥으로 점심 식사를 마쳤을 때 또르륵 현관문이 열리고 유원이 헐레벌떡 뛰어 들어왔다. 유원은 담이를 보고 어색하게 인사를 건넸다.

"아…… 오랜만이네, 서담."

"서담?"

유주가 새된 목소리로 되묻자 유원은 벌레 씹은 표정으로 뒷말을 덧붙였다.

"……누나."

담이는 웃음을 터뜨렸다. 그냥 우습고 즐거웠다. 날아오를 듯한, 아주 가벼워진, 뭐든 할 수 있을 것 같은 기분. 이렇게 많은 벽을 넘고 난 다음에야 느껴지는…… 풀려난 기분. 담이가 웃음을 멈추지 못하자, 유주도 피식거리다 따라 웃었다. 유원은 못마땅한 듯 입술을 삐죽거렸지만 결국은 미소 짓고 말았다.

담이의 주머니에서 전화가 울렸다. 엄마였다. 담이가 영어학원 빠진 것을 알아차린 모양이었다.

"가야겠어. 엄마 진짜 화났을 거야."

별로 걱정되지는 않았다. 지금 당장은 엄마에게 뭐라고 말해야 할지 모르겠지만, 찾아낼 수 있을 것이다. 제대로 말하지 못하더라도 괜찮다. 하나, 또 하나, 벽을 넘어가면 된다. 부딪치든 넘어가든, 그 벽들은 담이의 것이었다.

제학이 가방에서 갈색 종이봉투를 꺼내 건넸다. 제법 두툼했다. 거기 담긴 말들을 이제 새로이 써 내려갈 것이다. 소중히 봉투를 안고, 담이는 몸을 일으켰다.

자르고, 잇고, 붙입니다. 마치 종이처럼요. 펼치고 접을 수도 있지요. 삼키고, 뱉습니다. 그럼 이건 음식일까요? 다듬고 고릅니다. 줄이고 부풀립니다. 던지고 흘리고 나누는 것, 바로 말입니다.

우리가 말을 손에 잡히고 보이는 것처럼 표현하는 이유는, 절대로 잡을 수 없고 볼 수 없기 때문인지도 모릅니다. 내어놓는 순간 사라지지만 그 무엇보다 오래 남는 것, 말은 참 알 수 없는 존재입니다.

말은 언제나 어긋납니다. 말하고자 하는 것과 실제로 내뱉어진 말 사이에는 크고 작은 틈이 생기지요. 말을 잘하지 못해서가 아니라, 언어 자체의 한계 때문입니다. 우리가 슬프다고 말할 때, 각자가 말하는 슬픔은 모두 다를 것입니다. 그럼에도 적당히 뭉그러뜨려서 '슬프다'라고 표현할 수밖에 없지요.

그런데 정확히 말할 수 없다는 것은 도리어 어떤 가능성이 됩니다. 잡힐 듯 잡히지 않는 말들을 찾아 헤매다 보면 어디서 왔는지 모를 새로운 말들과 마주치게 되니까요. 생각 밖의 말이 내 생각을 제대로 표현해 주어 놀라 본 적이 있겠지요? 누가 속삭여 주듯 낯선 말이 입에서 툭 튀어나올 때도 있을 테고요. 그럴 때면 가슴이 탁 트이는 풍경을 마주한 것처럼 시원한 기분이 들지요.

이 이야기도 그랬습니다. 어긋나고 비껴가는 말들을 따라, 어둠 속을 더듬어 가듯 한 줄 한 줄 이어 갔지요. 그렇게 완성된 이야기는 내가 처음 생각했던 것과 달랐지만, 그래서 더 좋았습니다.

그래서 계속 이야기를 쓰게 되는 것 같습니다. 처음엔 막막하더라도 결국은 내 좁은 시야를 넘는 넓고 깊은 말들을 발굴하게 되기 때문입니다. 그런 말들을 찾기 위해서는 가만히 귀 기울이면 됩니다. 나 자신에게, 세상에게, 말을 하지 않는 것들에게.

이야기를 읽을 때도 마찬가지입니다. 작가가 쓰지 않은 것들까지도 우리는 읽어 낼 수 있지요. 이 책에도 미처 나오지 못한 숨은 방들과 남은 벽들이 있습니다. 여러분이 그 숨은 조각들 또한 상상하고 읽어 주기를, 설레는 마음으로 기대해 봅니다.

김혜진